Deux plus deux

Debbie Macomber

HARLEQUIN

Cet ouvrage a été publié en langue anglaise
sous le titre :

THE MATCHMAKERS

48, avenue Victor-Hugo, Paris XVIe - Tél. 45.00.65.00
ISBN 2-280-00427-5
ISSN 0182-3531

1

— Danny, dépêche-toi, mange tes céréales, lança Dori Robertson en sortant de la salle de bains.

Elle se précipita dans sa chambre, enfila rapidement une jupe de tweed et un chandail, glissa ses pieds dans des escarpins de cuir noir, puis revint en hâte dans la cuisine.

— Tu ne manges pas, maman ?

— Je n'ai pas le temps.

D'une main preste, Dori confectionna un sandwich au beurre de cacahuète, puis elle prit une orange dans le réfrigérateur. Elle fourra le tout dans un sac de papier brun. Elle fouilla dans la boîte à biscuits, mais évidemment, il ne restait que des miettes !

— Pourquoi sommes-nous toujours si pressés le matin ? demanda gravement Danny, du haut de ses onze ans.

Dori hésita, puis éclata d'un rire mélodieux. A une certaine époque, tout était parfaitement ordonné dans sa vie. Mais plus maintenant.

— Parce que ta mère a du mal à sortir de son lit.

— Etais-tu toujours en retard quand papa était là ?

Dori s'appuya au comptoir de la cuisine, bras croisés, et regarda son fils d'un air songeur.

— Non... Ton père avait l'habitude de m'apporter une tasse de café au lit.

Brad avait une manière toute personelle de la réveiller, avec des baisers et du café. Désormais, il n'était plus là. Elle était seule avec Danny pour affronter le monde. Et la bousculade du matin était plus facile à accepter que la solitude des nuits.

— Aimerais-tu que je t'apporte du café ? Je pourrais le faire, proposa Danny avec sérieux. Je t'ai souvent vue le préparer.

Dori tenta de dissimuler son émotion. Elle aimait tant son fils ! Il grandissait et ressemblait chaque jour davantage à son père. Elle contempla ce jeune visage parsemé de taches de rousseur, ces yeux vifs. Les yeux de Brad avaient cette même nuance d'un bleu profond. Les taches de rousseur venaient d'elle. Emue, elle se détourna, prit une tasse et but une gorgée de café tiède.

— C'est très gentil de ta part.

— Alors je pourrai ?

— Certainement. Maintenant, va te brosser les dents et prendre ton manteau.

Dori posa les bols vides dans l'évier et replia le journal du matin ouvert sur la table. Ces derniers temps, elle avait remarqué avec surprise que Danny délaissait la page sportive pour les petites annonces. Que pouvait-il bien y trouver de fascinant ? A son âge, elle s'en souvenait, elle s'intéressait surtout à la rubrique des bandes dessinées. D'ailleurs, à la réflexion, elle n'en lisait guère davantage aujourd'hui.

Danny la rejoignit et ils se dirigèrent ensemble vers le garage. Pendant que Dori sortait la voiture, Danny attendait pour refermer la porte.

— Un de ces jours, décida-t-elle quand il grimpa à côté d'elle, je ferai installer un système d'ouverture automatique.

— Pourquoi ? dit Danny avec un regard anxieux. Je suis là, moi !

— En effet ! répondit Dori avec un sourire.

Dans les minutes qui suivirent, Danny resta silencieux. C'était inhabituel, et Dori remarqua sa mine troublée. Néanmoins, elle ne dit rien. Il parlerait à son heure.

— Dis, maman, commença-t-il enfin d'un ton hésitant. Je voulais te demander quelque chose.

— Oui ?

Elle songeait en l'écoutant que le trafic de Seattle devenait chaque jour plus dense. Ou peut-être était-elle simplement plus en retard.

— J'ai réfléchi.

— Cela t'a-t-il fait mal ?

C'était l'une de leurs plaisanteries familières mais Danny ne riposta pas comme d'habitude. Il se contenta de hausser les épaules.

— Hé, c'est sérieux ? demanda Dori étonnée.

— Eh bien... Je sais que tu aimais papa, mais... je crois qu'il est temps de me trouver un autre père.

Dori freina brusquement à un feu rouge. Elle se tourna vers son fils, les yeux écarquillés.

— Temps de... quoi ?

— Cela fait cinq ans, maman. Papa n'aurait pas voulu que tu sois triste pour le reste de ta vie. L'année prochaine, j'irai au collège, un enfant a besoin d'un père à cet âge-là.

Abasourdie, Dori cherchait en vain une réponse raisonnable.

— Je peux faire le café le matin, reprit Danny imperturbable, et d'autres choses aussi. Mais tu as besoin d'un mari, et moi d'un papa.

— C'est plutôt soudain, non ? bredouilla Dori.

— Non, j'y pense depuis longtemps.

Danny tourna tout à coup la tête et fit un geste pardessus son épaule.

— Maman nous venons de rater l'école.

— Zut !

Dori donna une chiquenaude au clignotant, jeta un

bref coup d'œil dans le rétroviseur, et se glissa prestement dans la file de droite.

— Maman ! Attention ! s'écria Danny.

Ils étaient passés à un doigt du capot d'une luxueuse voiture étrangère. Dori fit une embardée, évitant de justesse la collision.

Le conducteur de la voiture klaxonna rageusement et s'engagea derrière eux dans une rue latérale qui menait à l'école.

— Le type que tu as failli emboutir nous suit, maman, observa Danny. Et il a l'air vraiment furieux.

— Magnifique !

Les doigts de Dori se crispèrent sur le volant. La journée commençait bien ! Très intéressé, Danny poursuivait ses commentaires.

— Maintenant, on dirait qu'il relève ton numéro d'immatriculation.

— De mieux en mieux ! A-t-il l'intention de me faire arrêter ?

— Le pourrait-il ? demanda Danny avec un regard anxieux vers sa mère énervée.

— Oui, et il en a l'air tout à fait capable.

Le visage dur qu'elle apercevait dans son rétroviseur semblait capable de tout. Des traits rudes, des yeux sombres et résolus sous une chevelure brune. Il n'était pas vraiment beau, mais donnait une impression de force et de volonté. Un homme, un vrai...

— Je le reconnais, dit Danny d'un ton pensif. Du moins je crois...

— Qui est-ce ?

Dori se gara devant l'école. L'homme s'arrêta juste derrière elle et sortit de sa voiture.

— J'ai l'impression de l'avoir déjà vu, observa encore Danny. Mais je ne sais pas où.

Dori ouvrit à contrecœur sa portière et descendit. Elle repoussa distraitement une mèche de ses cheveux roux et se dirigea d'un pas résolu vers l'homme qui attendait.

Grand, élégant, intimidant, il fixait Dori d'un regard perçant et dominateur. Mais elle était déterminée à ne pas se laisser impressionner. Elle fit signe à Danny, qui voulait la rejoindre, de rester près de la voiture. Elle n'avait pas besoin de sa protection, comme il semblait le croire, et n'avait pas non plus le loisir d'en discuter avec lui.

— Je n'apprécie pas beaucoup qu'on me suive, lança-t-elle, jugeant que la meilleure défense était l'attaque.

— Et je n'apprécie pas beaucoup qu'on me coupe la route.

— Je m'en excuse, mais vous étiez dans mon angle mort, et quand j'ai voulu changer de file...

— Vous n'avez même pas regardé.

— Si, je l'ai fait ! déclara Dori en haussant le ton. Elle remarqua soudain une large tache brune sur la veste de l'homme. L'ombre d'un sourire retroussa les coins de sa bouche.

— Qu'y a-t-il de si amusant ? demanda-t-il brusquement.

— Je suis désolée, je n'avais pas l'intention d'être impolie.

— En ce qui vous concerne, chère madame, la meilleure des politesses serait de ne plus circuler en voiture.

Les mains sur les hanches, l'œil étincelant, Dori fit un pas en avant.

— Au cas où vous ne seriez pas au courant, il existe dans l'état de Washington une loi qui interdit de boire en conduisant. Vous ne pouvez pas me reprocher de vous avoir fait renverser votre café. Vous n'auriez pas dû en avoir.

Elle espérait que son indignation et son assurance la

rendaient suffisamment crédible. Elle frissonna cependant en le voyant avancer lui aussi d'un pas.

— Vous avez failli provoquer un accident.

— Je m'en suis déjà excusée, dit-elle calmement.

Elle savait ne pas pouvoir tenir tête très longtemps si la discussion se poursuivait sur ce ton. La prudence est l'essentiel du courage... C'était du moins ce que son père affirmait toujours. Pour une fois, Dori se sentait disposée à suivre son avis.

— Si cela peut vous calmer, je suis prête à payer le prix du nettoyage de votre costume.

La cloche de l'école retentit à cet instant. Danny se hâta vers la voiture pour prendre ses livres et son déjeuner.

— Je dois y aller, maman.

Dori fouillait dans son sac à la recherche d'une carte de visite.

— D'accord, passe une bonne journée.

Elle espérait que ce serait le cas, car sa journée à elle ne se montrait guère prometteuse.

— N'oublie pas que j'ai un entraînement de football après la classe, ajouta-t-il encore.

— Je n'oublierai pas.

— Et... maman ?

— Oui, Danny ?

Sa patience avait des limites, et elle sentait l'irritation la gagner.

— Promets-tu de réfléchir à ce que je t'ai dit ?

Comme sa mère le regardait sans comprendre, il insista.

— Tu sais, à propos de me trouver un autre papa ?

Dori se sentit rougir violemment. Elle feignit d'ignorer l'homme désagréable debout à côté d'elle, et poussa un soupir.

— J'y réfléchirai.

Danny lui adressa un sourire épanoui avant de courir rejoindre ses camarades.

Dori se remit à fouiller son sac, saisissant ce prétexte pour dissimuler son embarras. Un autre homme aurait eu des paroles bienveillantes devant sa mine consternée, mais pas celui-ci.

— Je suis certaine d'avoir une carte quelque part, marmonna-t-elle.

— Oubliez cela, jeta-t-il d'un ton bourru.

— Il n'en est pas question ! répliqua-t-elle. Je suis responsable, je paierai.

Incapable de trouver ce qu'elle cherchait, Dori inscrivit son nom et son adresse au dos d'une liste d'épicerie, et la lui tendit. Il l'examina, puis la fourra dans sa poche.

— Merci, madame Robertson.

— C'était ma faute.

— Je crois que vous l'avez suffisamment admis.

Rien ne semblait pouvoir ébranler cette façade de granit.

— J'attendrai votre facture, Monsieur...

— Parker, acheva-t-il de mauvaise grâce. Gavin Parker.

Puis il tourna les talons pour regagner sa voiture. Ce nom était étrangement familier à Dori ; elle était cependant incapable de se rappeler où elle l'avait entendu. Bizarre... Danny aussi avait cru le reconnaître.

— Monsieur Parker ! lança-t-elle.

— Oui ?

— Excusez-moi, mais pourrais-je jeter un coup d'œil sur le papier que je vous ai donné ?

Le regard irrité, le visage tendu d'impatience, il ressortit le papier de sa poche.

Dori relut rapidement sa liste d'épicerie, dans l'espoir de l'apprendre par cœur.

— Merci, je voulais simplement me rafraîchir la mémoire.

Elle fut troublée par son regard glacial, et, à peine installée dans sa voiture, elle avait déjà tout oublié de ses achats. Quel homme déconcertant ! Le simple souvenir de ses yeux sombres la faisait frissonner. Il avait toutefois une bouche attirante... Elle n'avait pas pour habitude de remarquer la bouche des hommes, mais celle-ci était ferme et bien dessinée. Il y avait en lui une élégance virile... Dori mit un frein à ses divagations. Elle devenait tout à fait ridicule. Elle refusait de penser une minute de plus à ce désagréable individu.

A son arrivée au bureau, le parking réservé aux employés était déjà complet. Elle dut chercher une place dans la rue, corvée délicate à cette heure de la matinée. Par chance, elle finit par trouver à se garer à deux pâtés de maisons de la compagnie d'assurances où elle travaillait.

Elle arriva à son bureau énervée, fatiguée, et en retard de dix minutes.

— Tu es en retard, observa Sandy Champoux.

— Je n'ai pas remarqué, riposta Dori avec ironie.

Elle laissa tomber son sac dans son tiroir, puis feignit de s'absorber dans la lecture d'un dossier au passage de M. Sandstorm, son patron.

— Tu sembles toujours faire des prouesses pour être à l'heure, poursuivit Sandy imperturbable. Que s'est-il passé ce matin ?

— Peu de choses ! J'ai simplement failli emboutir la voiture d'un homme très désagréable, et Danny m'a demandé de lui trouver un nouveau père !

— Il a raison, tu sais. Tu devrais songer à te remarier. Il est temps de rallier le monde des vivants.

— Tu comprends mal le problème, protesta Dori. Danny a envi d'un père comme il aurait envie d'une bicyclette à dix vitesses. Il ne s'intéresse pas à un mari pour moi...

Elle s'interrompit, frappée par une idée subite. Son regard s'éclaira.

— Voilà ! s'exclama-t-elle.

— Voilà quoi ? demanda Sandy étonnée.

— La bicyclette à dix vitesses !

— Tu as l'intention de soudoyer ton fils pour lui faire oublier qu'il a besoin d'un père ? lança Sandy d'un air scandalisé.

— Non, Sandy, gémit Dori en secouant la tête. Tu ne peux pas comprendre.

— Si tu le dis..., déclara Sandy d'un ton maussade avant de se remettre au travail.

Malgré ses débuts mouvementés, la journée passa rapidement, et sans autre incident.

Dori attendit le retour de son fils, décidée à avoir une conversation avec lui. Il arriva à dix-sept heures trente, ses chaussures de football accrochées autour du cou.

— Salut maman ! Qu'y a-t-il à manger ?

— Le dîner ! Bientôt.

— Mais j'ai très faim maintenant.

— Bien, alors mets le couvert.

Dori patienta avant de parler, le temps que Danny se lave les mains et dispose les assiettes sur la table.

— J'ai réfléchi à ce que tu m'as dit ce matin, lança-t-elle enfin.

— Cela t'a-t-il fait mal ? répliqua aussitôt Danny avec une grimace espiègle. Qu'as-tu décidé ?

— Eh bien... Cette idée ne m'a guère enchantée, je dois l'avouer... Du moins pas sur le moment.

— Et maintenant ?

Danny l'observait avec attention. Dori hésitait, elle se sentait un peu prise au piège.

— A la réflexion, je crois que tu n'as pas tout à fait tort.

— Alors nous pouvons commencer à chercher ! s'écria Danny avec empressement. J'ai repéré quelques types bien. L'assistant de mon entraîneur de football conviendrait parfaitement, mais je crains qu'il ne soit pas assez vieux. Dix-neuf ans, est-ce trop jeune ?

C'était pire que Dori ne l'avait supposé. Elle devait essayer de gagner du temps.

— Pas si vite, dit-elle. Il faut agir avec méthode.

— Oh ! soupira Danny d'un air morne. Je sais ce que cela signifie.

— Cela signifie qu'après avoir lavé la vaisselle, nous établirons une liste, comme nous l'avons fait pour l'achat de ta bicyclette.

Le visage de Danny s'épanouit.

— Hé ! C'est une idée formidable !

Dori était loin d'être aussi convaincue. Danny expédia son repas en un temps record. Une fois la vaisselle terminée, il apporta un grand bloc de papier.

— Tu es prête ? demanda-t-il excité.

— Naturellement.

— Premièrement, nous devrions chercher quelqu'un d'aussi âgé que toi.

— Au moins trente ans, acquiesça Dori.

— Et puis grand, parce que papa était grand. Ce serait bizarre d'avoir affaire à un homme vraiment petit. Je n'ai pas envie de finir par dépasser mon nouveau papa.

— Cela va de soi.

Dori était impressionnée par la gravité de son fils. Il prenait cette histoire très à cœur.

— Il faudrait qu'il aime le sport comme moi. Tu fais ton possible, maman, mais j'aimerais tout de même quelqu'un capable de lancer le ballon mieux que toi.

C'était un rôle que Dori était prête à abandonner volontiers, elle devait bien le reconnaître.

— Bonne idée, répondit-elle.

— Ce serait parfait s'il connaissait le karaté.

— Pourquoi pas ?

Le stylo de Danny s'activait furieusement sur le papier. La liste s'allongeait.

— Enfin, très important... ajouta-t-il d'un ton grave, mon nouveau papa devra t'aimer.

— Ce serait préférable, murmura Dori d'une voix tremblante.

Brad l'avait aimée. Tellement qu'elle avait cru mourir sans lui. Même après toutes ces années, il lui semblait impossible de pouvoir jamais aimer un autre homme avec la même intensité.

— Et maintenant ? demanda Danny.

Il la regardait, attendant sa réponse, les yeux emplis d'espoir. Elle prit une profonde aspiration.

— Maintenant, dit-elle, nous savons ce que nous cherchons. Il ne nous reste plus qu'à attendre que le candidat idéal se présente.

— Cela peut prendre du temps, remarqua Danny d'un air indécis.

— Pas si nous cherchons tous les deux.

Elle prit la liste, et la fixa sur la porte du réfrigérateur à l'aide d'un aimant.

— N'est-il pas l'heure du bain, jeune homme ? ajouta-t-elle.

Danny se leva à contrecœur, rangea le bloc et le stylo dans le tiroir de la table, puis se dirigea vers le couloir qui menait à sa chambre.

Dori alla s'installer dans le salon. Elle prit son tricot et alluma la télévision. Danny avait peut-être raison. Il n'y avait pas que le travail, la cuisine et le tricot, dans la vie. Elle avait pourtant essayé de sortir. Sandy avait même organisé une rencontre avec l'ami d'un ami au début de l'été. La soirée avait tourné au désastre. Par la suite, Dori avait refusé toutes les propositions de son amie. D'ailleurs, elle n'avait pas la moindre raison de sortir. Elle n'était pas malheureuse ; la solitude ne lui pesait que rarement, Danny s'arrangeait pour remplir sa vie. Il aimait le sport, et elle aimait le regarder jouer.

Cependant, il avait raison. Il avait besoin d'un père, surtout maintenant qu'il entrait dans l'adolescence. Pourtant au fond d'elle-même, Dori se demandait si quelqu'un pourrait jamais remplacer Brad. Danny avait six ans à la mort de Brad, il était trop jeune pour en avoir gardé beaucoup de souvenirs. Dori ne pouvait lui en vouloir.

La maison était étrangement calme. Danny entrait et sortait si vite de son bain, d'habitude, que sa mère se demandait parfois s'il prenait le temps de se mouiller complètement.

Dori s'apprêtait à aller voir quand Danny fit irruption dans le salon. Il tenait à la main une poignée d'images comme on en trouve dans les paquets de chewing-gum.

— Maman, c'est Gavin Parker que tu as failli emboutir ce matin !

— Je sais, répondit-elle distraitement.

— Maman, dit-il d'une voix empreinte de respect, pourquoi n'as-tu rien dit ? Je voudrais un autographe de lui.

— Un autographe ? Pourquoi donc ?

— Pourquoi ? s'exclama Danny. C'est tout simplement le plus grand athlète du monde !

Dori décida d'ignorer le caractère excessif de cette déclaration. Gavin Parker était peut-être un sportif de talent, mais il était aussi impoli et arrogant. Elle préférait éviter cet homme. Danny lui brandit une image sous le nez.

— Regarde !

C'était bien le même nom, mais l'homme était plus jeune, ses traits plus doux. Les yeux sombres ne laissaient rien transparaître de son agressivité. Gavin Parker avait changé au fil des années, et les changements n'étaient sans doute pas dus simplement à l'âge. La photographie lui montrait un homme vif, l'air énergique et enthousiaste ; un homme qui aimait la vie. Celui qu'elle avait rencontré le matin était irritable, désenchanté. Evidemment, les circonstances de leur rencontre n'avaient pas été vraiment favorables à une conversation amicale...

Au dos de l'image étaient indiqués sa taille, son poids, sa place dans l'équipe. Gavin avait joué avec les Raiders d'Oakland, conduisant son équipe à deux championnats. L'année où il s'était retiré, il avait reçu le titre du meilleur joueur.

— Comment le connaissais-tu ? demanda Dori avec une légère surprise. Il a cessé de jouer au football depuis six ans.

— Maman, Gavin Parker était l'un des plus grands joueurs qu'on ait jamais vus. Tout le monde le connaît. De plus, il commente les matchs le dimanche.

Chaque dimanche, ils allaient tous deux chez les parents de Dori pour dîner. Dori se rappelait vaguement ces jeux qui captivaient son fils et son père. Quant à elle, le football ne l'avait jamais beaucoup intéressée.

— Pouvons-nous lui demander un autographe ? suggéra Danny plein d'espoir.

— Danny, soupira Dori, sincèrement, je doute que nous revoyions jamais M. Parker.

Sous le coup de la déception, les épaules du petit garçon se voûtèrent.

— Zut ! Maintenant, mes copains ne me croiront pas quand je leur dirai que ma maman a failli emboutir Gavin Parker.

— Tu auras peut-être du mal à le comprendre, souffla Dori, mais je préférerais que personne ne soit au courant de notre petite mésaventure de ce matin.

— Bien, maman.

— N'as-tu pas de devoirs ?

— Si, maman.

Dori réprima un sourire devant la mine résolument déconfite de son fils. Tête basse, il retourna dans sa chambre.

Le lendemain matin, Dori fut éveillée par un coup vigoureux frappé à la porte de sa chambre. Elle se souleva péniblement sur un coude, et repoussa la masse hirsute de ses boucles rousses.

— Oui ?

Déjà vêtu de son jean, Danny entra. Il portait une tasse de café fumant.

— Bonjour, maman.

— Je n'en crois pas mes yeux, murmura-t-elle, j'ai cru voir un lutin m'apportant une tasse d'un breuvage magique.

— Non, dit Danny avec un sourire, c'est le café.

— Merci beaucoup, mon chéri.

— Maman ?

— Hum ?

Dori s'efforçait d'ouvrir les yeux et luttait contre l'envie folle d'enfouir son visage dans l'oreiller pour se rendormir.

— As-tu... Je veux dire... As-tu toujours cet air-là quand tu te réveilles ?

Dori cligna des paupières avec embarras, et tenta à nouveau de lisser sa chevelure en bataille.

— Pourquoi ?

Danny hésita, visiblement mal à l'aise, l'œil fixé sur ses chaussures.

— Si quelqu'un te voyait ainsi, avec tes cheveux en désordre, je ne pourrais jamais trouver un nouveau papa.

— J'essaierai d'améliorer cela, grommela-t-elle, quelque peu vexée.

— Merci.

Rassuré, Danny s'en alla, laissant Dori à son dépit. Elle repoussa les draps et se leva en marmonnant. Un regard au miroir confirma hélas les paroles de Danny. Et ce n'étaient pas seulement les cheveux qui avaient besoin de soins !

Quand elle entra dans la cuisine, elle avait toutefois réussi à se rendre présentable. Danny la regarda et lui adressa un sourire radieux.

— Tu es tout à fait jolie, maintenant.

— Merci.

Elle remplit sa tasse de café et but en réprimant une grimace. Plus tard, avec tact et diplomatie, elle indiquerait à Danny la quantité de café à utiliser.

— Crois-tu que nous pourrions apercevoir Gavin Parker sur le chemin de l'école ? demanda Danny d'un ton négligent comme ils empruntaient l'allée.

— J'en doute, répondit-elle. En fait, je ne pense pas que M. Parker habite Seattle. Il était sans doute en visite.

— Zut ! Tu le crois vraiment ?

— Eh bien, ouvre l'œil ! On ne sait jamais.

Pendant tout le trajet, Danny resta aux aguets. A la grande satisfaction de sa mère, il n'aperçut pas Gavin Parker. Elle n'osait imaginer sa réaction si tel avait été le cas. Elle n'avait aucune intention de frôler encore l'accident, trop contente de s'en être sortie indemne la veille. Elle ne souhaitait pas non plus affronter de nouveau M. Parker.

Danny ne fit plus allusion à Gavin, ni ce jour-là, ni les jours suivants. Dori était persuadée de ne plus jamais entendre parler du plus grand athlète du monde. Mais en fin de semaine, elle eut la surprise de recevoir une facture de teinturier.

L'enveloppe était tapée à la machine, et Dori se demanda si M. Gavin Parker avait chargé sa secrétaire de cet envoi. Avec la facture, elle trouva sa liste d'épicerie. Au bas de la liste, Gavin avait ajouté d'une écriture vigoureuse : « leçons de conduite ». Dori rougit de colère, chiffonna le papier et le jeta dans la poubelle.

Plus tôt elle mettrait fin à ses relations avec cet individu prétentieux, mieux cela vaudrait. Elle venait tout juste de rédiger le chèque quand Danny arriva.

— Que puis-je avoir pour le goûter ? demanda-t-il en jetant un coup d'œil par-dessus son épaule.

— Une pomme.

— Et quelques biscuits aussi ?

— D'accord, si tu promets de manger convenablement au dîner.

Elle n'avait d'ailleurs pas de véritable inquiétude à ce sujet. Danny faisait preuve depuis un certain temps d'un appétit féroce. Elle l'entendit ouvrir la porte du réfrigérateur.

— Hé, maman, qu'est-ce que c'est ?

Elle se tourna, et le vit brandir un sac de plastique jaune.

— Des oignons de tulipes. Pour l'amour du ciel, n'en mange pas !

Danny resta insensible à sa tentative d'humour.

— Pendant combien de temps vont-ils rester là-dedans ?

Dori rougit légèrement ; elle se rappelait les avoir achetés six semaines plus tôt.

— Je vais les planter bientôt, promit-elle.

Danny s'assit à côté d'elle, mordant à belles dents dans sa pomme.

— Que fais-tu ?

— Je paie une facture.

Elle détourna les yeux d'un air vaguement coupable. Mieux valait couper court et ne pas préciser à qui elle envoyait cet argent. La discrétion, comme la prudence, faisait partie de ses principes...

Le samedi suivant, Dori sortit de sa chambre, encore ensommeillée. Au son de la télévision qui parvenait du salon, elle devina que Danny était déjà levé. Elle trouve son bol vide sur la table de la cuisine, et le café tout prêt. Avec un sourire attendri, elle remplit sa tasse et ajouta un peu de lait par précaution.

— Tu es levée !

Danny entrait dans la cuisine. Il sourit en constatant qu'elle s'était coiffée.

— Inutile de t'absorber dans les dessins animés, prévint-elle, nous allons faire du jardinage aujourd'hui.

— J'ai un match de football, riposta aussitôt Danny.

— Pas avant onze heures trente.

— Maman, je déteste le jardinage !

— Moi aussi, dit-elle calmement.

Elle devait tout de même planter ces oignons de tulipes ; c'était une question d'amour-propre. Sinon ils resteraient encore une année dans le bac à légumes du réfrigérateur.

Vingt minutes plus tard, vêtue d'un jean délavé et d'un sweat-shirt qui avait connu des jours meilleurs, Dori sortit ses outils du garage.

La journée était magnifique. Le soleil brillait et il faisait chaud pour un mois d'octobre. L'été indien régnait sur Seattle.

Danny semblait content de ratisser les feuilles tombées du gigantesque érable. Dori se surprit à fredonner doucement. Le foulard qui retenait ses cheveux glissa, et elle barbouilla sa joue de terre en le repoussant.

Elle marmonnait de contrariété quand Danny s'exclama, tout excité :

— Vous êtes venu, vous êtes venu !

Qui était venu ? Dori enleva ses gants et se releva à contrecœur. Elle découvrit alors avec stupeur Gavin Parker debout au milieu du jardin.

— Mieux vaudrait que ce soit important, lança-t-il en s'approchant.

2

— Important ? répéta Dori interloquée. Quoi ?

— Ceci !

D'un geste impatient, Gavin brandissait devant elle un morceau de papier.

Sans se donner la peine de le prendre, Dori haussa les épaules.

— Je ne vous ai rien envoyé d'autre que le chèque.

A cet instant, Danny fit un timide pas en avant, les joues empourprées.

— C'est moi, maman.

— Comment ?

Aussitôt elle arracha le papier des mains de Gavin et lut, tracée d'une écriture appliquée, l'inscription suivante : « Je dois vous parler immédiatement. Dori Robertson. »

— Vous comprenez, reprit Danny d'une voix précipitée, maman a dit que nous ne vous reverrions sans doute jamais et je voulais un autographe de vous. Alors quand elle a posé l'enveloppe sur la table de la cuisine, je l'ai ouverte, et j'ai ajouté ce billet. Je désire vraiment un autographe, monsieur Parker. Vous êtes le plus grand joueur qui ait jamais existé !

Si Gavin éprouva le moindre plaisir à cette déclaration d'une loyauté inébranlable, il n'en laissa rien paraître. Sa bouche gardait le même pli intransigeant.

Dori aperçut tout à coup du coin de l'œil un mouvement dans la voiture de Gavin, garée le long de la rue, et l'éclair blond d'une chevelure. De toute évidence, Gavin Parker avait d'autres préoccupations.

Elle passa un bras protecteur autour des épaules de son fils et affronta bravement le regard impassible de Gavin.

— Je vous prie d'excuser le désagrément causé par mon fils. Je peux vous assurer que cela ne se reproduira plus.

Danny perçut l'irritation à peine déguisée dans la voix de sa mère. Il baissa la tête, jouant machinalement du pied avec les feuilles mortes.

— Je suis désolé aussi. Je voulais juste un autographe pour prouver à mes copains que maman avait vraiment failli vous emboutir.

Une portière de voiture claqua. Dori se tourna vers la rue. Elle tressaillit de surprise. La compagne de Gavin Parker n'était pas une femme, mais une très jeune fille. Agée de treize ans tout au plus, elle était ravissante, même si elle s'efforçait visiblement de masquer sa féminité.

— Qu'est-ce qui prend si longtemps ? lança-t-elle en s'approchant.

Elle était vêtue d'un jean délavé et d'un maillot de football de l'équipe des Seahawks. Sa longue chevelure était tirée et nouée sur la nuque. Elle leva la main d'un geste contrarié pour lisser quelques mèches rebelles. Toutefois, un sourire éclaira son visage quand elle remarqua le maillot de Danny, identique au sien.

— Hé ! Tu aimes les Seahawks ?

— Bien sûr ! Nous allons gagner cette année ! répondit Danny avec enthousiasme.

— Je le pense aussi. Mon père était footballeur professionnel, il dit que les Hawks ont une chance.

— Retourne à la voiture, Mélissa, ordonna Gavin d'un ton sans réplique.

— Mais, papa, il fait chaud là-dedans, et j'ai très soif.

— Voudrais-tu un verre de jus d'orange ? proposa Danny. Mince ! Je ne pensais pas que les filles aimaient le football !

— Je connais tout sur la question. Je fais de bonnes passes, aussi. Demande donc à mon père.

Avant que Dori ou Gavin aient pu émettre la moindre objection, les deux enfants se dirigèrent vers la maison. Dori regarda Gavin avec résignation.

— Je vous échange une tasse de café contre un autographe, dit-elle.

En toute justice, Gavin Parker méritait bien une tasse du café préparé par Danny ! Elle réprima un sourire malicieux.

Pour la première fois depuis leur rencontre malencontreuse, Gavin esquissa lui aussi un sourire. Le changement produit sur son visage austère était remarquable. L'espace d'un instant, elle entrevit l'homme qui se dissimulait derrière cette cuirasse d'indifférence. Mais cela ne dura guère. Quand il la suivit dans la maison, il avait repris son masque impassible.

Mélissa et Danny étaient attablés dans la cuisine devant de grands verres de jus d'orange.

— Papa, lança avec empressement Mélissa, Danny pourrait-il nous accompagner au parc de Puyallup ? Ce n'est pas drôle d'aller seule sur les manèges, et tu détestes ce genre de distractions.

— Je crains que Danny n'ait un match de football cette après-midi.

— Je suis avant-centre, glissa prudemment Danny. Aimeriez-vous venir me voir jouer ?

— Pourrions-nous, papa ? Tu sais comme j'aime le football. Après le match, nous irions à la fête foraine.

Mélissa échafaudait déjà des projets. Tout cela était arrivé si vite, Dori ne savait plus que penser.

— Madame Robertson ?

Gavin semblait s'en remettre à elle pour décider.

— A *quelle heure Danny serait-il de retour?* demanda-t-elle pour gagner du temps.

Gavin Parker était peut-être un célèbre footballeur, mais pour elle, il n'était qu'un étranger. Elle n'était pas disposée à confier ainsi son enfant à un inconnu. Si nécessaire, elle pourrait toujours invoquer l'excuse de l'église le lendemain matin et de leur dîner hebdomadaire avec ses parents.

— Vous devez venir aussi, insista Mélissa. Papa va s'ennuyer à mourir pendant que Danny et moi serons sur les manèges.

— Tu veux bien, maman, s'il te plaît ?

Perplexe, Dori se tourna vers Gavin, en quête d'un soutien.

— Cela ferait plaisir à Mélissa, dit-il d'un ton uni.

Quant à lui, il ne manifestait pas une satisfaction démesurée devant la tournure des événements. Dori ne l'en blâmait pas, d'ailleurs. L'idée de passer un après-midi en compagnie de deux enfants et d'une maman barbouillée de terre ne l'aurait guère ravie non plus à sa place.

— J'avoue que cela me faciliterait les choses, ajouta-t-il, devinant son hésitation.

— Oh, maman, s'il te plaît? répéta Danny qui piaffait d'impatience.

Il était difficile de refuser devant une telle allégresse. Dori finit par capituler, tout en se demandant à quoi elle s'engageait. Elle donna à Gavin l'adresse du parc où avait lieu le match de Danny, et convint de les retrouver là-bas.

Stimulé par ce nouveau public, Danny se montra dans une forme éblouissante. Il sillonnait le terrain avec une énergie foudroyante, tandis que Dori subissait un assaut de questions de la part de Mélissa. Non, expliqua-t-elle patiemment, elle n'était pas divorcée. Oui, son mari était mort. Oui, Danny et elle vivaient seuls. Danny avait onze ans, il fréquentait l'école primaire.

Mélissa lui confia à son tour que ses parents étaient divorcés. Elle était à la garde de son père. Elle était pensionnaire dans une école de Seattle parce qu'il voyageait beaucoup. En qualité de vice-président d'une importante société d'informatique, son père était un homme très occupé. Il assurait en outre les commentaires des matchs du dimanche après-midi, et elle ne pouvait pas toujours l'accompagner.

Gavin finit par lancer à sa fille un regard exaspéré qui la réduisit au silence, mais pas pour très longtemps. Elle ne tarda pas à harceler de nouveau Dori de questions.

Danny marqua deux des trois buts de son équipe. Il rayonna de fierté aux compliments de Gavin. Deux jeunes garçons les suivirent jusqu'à la voiture, dans le secret espoir d'obtenir un autographe. Gavin afficha d'abord une expression glaciale pour les décourager, puis il consacra les cinq minutes suivantes à griffonner son nom sur toute une variété de bouts de papier hâtivement sortis des poches.

Tous quatre firent halte à la maison de Dori, le temps pour Danny de prendre un bain éclair et de changer de vêtements. Dori en profita pour retoucher son maquillage, sous l'œil intéressé de Mélissa. Mais quand elle proposa à la fillette d'utiliser son eau de toilette, celle-ci la regarda d'un air horrifié.

— Jamais de la vie ! je ne veux pas de cela, c'est pour les mijaurées !

— Merci quand même, murmura Gavin en retournant à la voiture.

— De quoi ?

— Depuis des mois, j'essaie de faire de cette enfant une vraie fille. Je ne me suis jamais heurté à une volonté aussi indomptable.

Dori dissimula sa surprise. Elle avait peine à imaginer Gavin s'incliner devant quelqu'un dans une discussion.

Le parc de Puyallup était situé à une cinquantaine de kilomètres de Seattle. Il attirait des milliers de visiteurs venus de tous les coins de l'état de Washington et présentait de multiples attractions.

Dori y était allée plusieurs fois dans le passé ; elle aimait l'animation joyeuse qui y régnait. Les attractions étaient passionnantes et l'on pouvait sacrifier à sa gourmandise. Dès leur arrivée, elle régala chacun de gaufres et barbes à papa.

— Pouvons-nous aller sur les manèges tout de suite ? demanda Mélissa qui trépignait d'impatience.

Dori hésitait : la foule était compacte, surtout sur le terre-plein central.

— Je préférerais voir quelques attractions avant de vous laisser vagabonder tous les deux, dit-elle.

Elle jeta un coup d'œil à Gavin pour avoir son avis, mais celui-ci arborait une expression stoïque, manifestement résigné à se plier à tous les caprices.

Si Mélissa fut déçue de devoir attendre, elle ne le montra pas. Suivie de Danny, elle se précipita avec fougue vers l'espace réservé aux animaux.

Ils admirèrent ensemble les lapins, les chèvres, les cochons. Dori ne put s'empêcher de rire quand elle vit les deux enfants déambuler dans l'étable des vaches en se pinçant le nez. Gavin semblait se détendre peu à peu. Il étonna même Dori par la drôlerie de ses commentaires.

— Papa, regarde !

Mélissa saisit son père par le bras et l'entraîna vers une couveuse qui abritait une douzaine d'œufs. Ils observèrent, captivés, un bec minuscule qui tentait de se frayer un chemin au travers d'une coquille.

La ruche leur offrit un spectacle également fascinant. Ils s'attardèrent un instant pour contempler les abeilles ouvrières en pleine activité.

Pour faire plaisir à Dori, ils s'arrêtèrent même afin d'écouter une brève conférence sur la faune et la flore de la région.

Deux heures plus tard, Dori et Gavin s'installèrent à une table pour prendre un café, tandis que les enfants se ruaient enfin vers les manèges.

— Vous ne m'aimez pas beaucoup, n'est-ce pas ?

La brusquerie de cette question inattendue déconcerta Dori.

En réalité, Gavin ne lui déplaisait pas. Elle découvrait en lui un compagnon agréable et appréciait sa vivacité d'esprit. Mais elle ne se faisait aucune illusion. Il les avait invités dans l'unique but de simplifier sa journée avec sa fille.

— Je n'ai pas encore d'opinion, déclara-t-elle sans ambages.

— Au moins, vous êtes franche.

— Je peux montrer beaucoup plus de franchise encore, si vous le désirez.

— J'ai l'impression que mes oreilles tinteraient pendant une semaine, répliqua-t-il avec un sourire.

— Vous avez raison !

Il lui adressa soudain un regard empreint d'une curieuse méfiance.

— Je tiens à ce que vous compreniez bien une chose, reprit-il, je n'ai aucune intention de me remarier.

Dori en eut le souffle coupé. Quelle incroyable vanité ! Puis elle sentit monter la colère.

— Je ne me souviens pas de vous avoir proposé le mariage ! riposta-t-elle.

— Je ne veux pas vous leurrer. Vous êtes une jolie femme, et vous élevez admirablement votre fils. Mais il cherche un père, il l'avoue lui-même, et vous cherchez un mari. N'essayez pas de m'inclure dans votre petit avenir rose.

Les doigts de Dori se crispèrent sur sa tasse. Elle luttait contre une folle envie de lui en vider le contenu sur la tête. Stupéfaite, elle le vit alors esquisser un sourire.

— Vous avez des yeux très expressifs.

— Vous ne souririez pas si vous connaissiez mes pensées.

— Du calme, madame Robertson, du calme.

Dori se leva posément, jeta sa tasse dans une poubelle proche. Elle n'était pas mécontente de paraître aussi impassible.

— Loin de moi l'idée de vous imposer ma présence, monsieur Parker, dit-elle d'un ton à peine teinté d'ironie. Réglons nos montres, je vous retrouverai ici dans deux heures.

Elle s'amuserait beaucoup mieux toute seule. Il y avait encore une foule de choses à voir. Elle refusait de rester avec Gavin s'il devait passer son temps à douter de ses intentions.

Gavin se leva précipitamment à son tour, l'air déconcerté.

— Où allez-vous ?

— Là où vous n'êtes pas.

— Mais... Attendez une minute !

D'un geste décidé, Dori balança la courroie de son sac par-dessus son épaule.

— Non !

Rarement un homme avait suscité en elle autant d'émotion. Elle se rendait compte soudain qu'elle risquait fort, au moindre signe d'encouragement, de se mettre à aimer beaucoup Gavin Parker. Cet homme était une énigme, et elle avait toujours aimé les défis. Mélissa était une fillette sensible, qui avait besoin d'une présence féminine. Son père avait de toute évidence du mal à la dompter. Lors de leur conversation pendant le match de football de Danny, Dori avait appris que Mélissa ne passait qu'occasionnellement le week-end avec Gavin. Quant à la mère de la fillette, Dori ne pouvait que se perdre en conjectures. Mélissa n'y avait pas fait la moindre allusion.

— Savez-vous quel est votre problème, Gavin Parker ?

Dori s'emportait tout à coup, provoquant la curiosité des promeneurs. Gavin jeta un coup d'œil embarrassé alentour.

— Non, mais vous allez me le dire, je pense.

— Vous êtes aigri, vous en voulez au monde entier !

— Si je m'excusais, cela arrangerait-il les choses ?

— Peut-être.

— Très bien. Je suis désolé de ce que j'ai dit. Je croyais important de vous préciser ma position. Je ne veux pas que vous rêviez de fleurs d'oranger et de marche nuptiale.

— C'est cela, vos excuses ? glapit Dori, hors d'elle.

Ils étaient face à face, les mains sur les hanches, l'œil étincelant. Les gens commençaient à s'attrouper autour d'eux.

— Je ne peux pas faire mieux ! s'écria Gavin, perdant pour la première fois son calme.

Un camelot, qui tenait un stand tout près, parut ne pas apprécier leur différend.

— Hé, vous deux ! Réconciliez-vous et embrassez-vous. Vous accaparez les clients !

Gavin glissa vivement son bras sous celui de Dori et l'entraîna loin de la foule, dans un endroit un peu plus tranquille. Là, il s'arrêta, prit une profonde aspiration, puis lui tendit la main.

— Ecoutez, recommençons tout à zéro... Bonjour, Dori, je m'appelle Gavin.

Elle accepta sa main avec réticence.

— Je préfère Mme Robertson, lança-t-elle.

— Vous ne me facilitez guère la tâche.

— Eh bien, maintenant, vous savez ce que je ressens, répliqua-t-elle d'un ton glacial. Je n'ai aucune intention de mettre en péril votre célibat, j'espère que vous vous en rendez compte.

— Aussi longtemps que nous nous comprendrons...

Dori le regarda d'un air incrédule. Elle aurait éclaté de rire, s'il n'avait pas été si insultant.

— Eh bien? dit-il comme s'il escomptait une réponse quelconque.

— Je vais voir le matériel agricole. Vous pouvez m'accompagner si vous voulez. Sinon, je vous retrouverai ici dans trois heures.

Pour Dori, ce n'était pas une vraie foire si elle ne prenait pas le temps de voir les dernières nouveautés dans le domaine de l'agriculture. C'était un penchant atavique. Son grand-père avait été propriétaire d'un verger dans la riche vallée de Yakima, souvent appelée la capitale mondiale de la pomme.

Gavin passa une main sur sa joue en un geste indécis, puis un sourire fugace effleura les coins de sa bouche.

— Le matériel agricole?

— Parfaitement.

Il allait sans doute rire si elle expliquait ses raisons. Elle n'avait pas envie de subir les sarcasmes de cet homme exaspérant.

Ils visitèrent l'exposition tout entière. A maintes reprises, des gens reconnurent Gavin et s'arrêtèrent pour le regarder avec curiosité. Mais il resta impassible, et personne n'osa s'approcher. Ils poursuivirent tranquillement leur flânerie. Le plus surprenant, songeait Dori, devait être pour ses admirateurs la présence, aux côtés du grand Gavin Parker, d'une compagne aussi ordinaire.

Dans la galerie des attractions, Gavin voulut faire preuve de son adresse. Sous l'œil hilare de Dori, il s'acharna donc à lancer des balles pour renverser des bouteilles de lait. Son orgueil d'athlète était en jeu, et il était résolu à remporter le premier prix. Il finit par gagner le superbe lion empaillé, après avoir dépensé largement de quoi en acheter deux.

— Vous trouvez cela drôle, n'est-ce pas ? demanda-t-il.

— Inénarrable, reconnut Dori.

Il lui tendit alors l'encombrant animal.

— Eh bien, voilà ! Il est à vous !

Dori feignit d'être bouleversée. Elle posa sa main sur son cœur dans un geste théâtral.

— Mon cher monsieur Parker, qu'est-ce que cela signifie ?

— Prenez cette chose ridicule, voulez-vous !

— J'aurais cru, dit Dori en caressant la crinière orange, qu'un ex-arrière viserait un peu mieux que cela.

— Aïe ! Ceci est un coup bas, madame Robertson !

Dori s'arrêta pour acheter de la barbe à papa. Elle savoura avec délices cette douceur rose et collante.

— Voilà à quoi ressemblent mes rêves de « fleurs d'oranger et de marche nuptiale » !

Gavin la saisit par la nuque et plongea ses yeux dans les siens.

— C'était un peu prétentieux, je suppose ?

— Rien qu'un peu, répondit-elle avec un sourire malicieux.

La nuit était tombée quand ils quittèrent le champ de foire pour regagner Seattle. Les sièges de l'Audi étaient encombrés d'une multitude de colifichets, de chapeaux et de friandises. Danny et Mélissa s'endormirent très vite, épuisés par ces réjouissances.

Quarante minutes plus tard Gavin stoppa la voiture devant la petite maison de Dori. Elle réprima un bâillement et lui adressa un sourire chaleureux.

— Merci pour cette merveilleuse journée.

Leurs regards se croisèrent par-dessus l'épaisse crinière du lion. Celui de Gavin se posa brièvement sur la bouche de Dori, qui rougit légèrement, embarrassée.

— Je me suis bien amusé, dit-il d'une voix basse.

— Cela semble vous étonner.

Au son de leurs voix, Danny s'agita. Il se redressa, les yeux pleins de sommeil.

— Sommes-nous arrivés ?

Sans attendre de réponse, il se mit à rassembler ses trésors. Mélissa continuait à dormir paisiblement.

Tenant ses clefs d'une main et le lion de l'autre, Dori ouvrit la portière, puis aida Danny à sortir.

— Encore merci, souffla-t-elle en se penchant vers Gavin. Dites au revoir à Mélissa pour moi.

— C'est promis. Bonne nuit, Danny.

— Bonne nuit, monsieur Parker, merci, répondit le petit garçon sans parvenir à masquer un énorme bâillement.

Gavin ne démarra que lorsqu'ils furent dans la maison. Danny gagna sa chambre d'un pas de somnambule. Dori déposa le lion sur le tapis et regarda par la fenêtre les feux de la voiture qui s'estompaient dans la nuit. Elle doutait de jamais revoir Gavin. C'était peut-être préférable, d'ailleurs.

— Il est temps de te lever, maman ! lança la voix enjouée de Danny.

Dori poussa un gémissement, ouvrit un œil hagard. Le lundi était le jour le plus pénible.

— Ce ne peut pas être déjà le matin, marmonna-t-elle.

— Je t'ai apporté ton café.

— Merci. Pose-le sur la table de nuit.

Danny obéit, puis il s'assit sur le bord du lit.

— Tu sais, j'ai réfléchi.

— Oh non ! soupira sa mère. A quoi ?

Elle ne se sentait pas en état d'affronter les élucubrations de Danny.

— Cela fait déjà une semaine. Nous n'avons pas encore trouvé de nouveau papa pour moi.

Dori avait passé son dimanche après-midi à lui expliquer que Gavin Parker n'avait pas l'étoffe d'un mari. Elle n'était pas disposée à entamer une autre discussion de ce genre. Gavin ne pouvait pas s'intéresser à quelqu'un comme elle. De plus, il avait clairement exposé ses idées sur le mariage.

— Il faut du temps, murmura-t-elle. Et puis laisse-moi d'abord me réveiller avant d'engager la bataille. D'accord ?

— D'accord !

Dori fit la grimace à la première gorgée de café fort, mais elle se sentit revivre. Elle se frotta les yeux d'un geste indolent.

— Pouvons-nous parler, maintenant ? dit Danny d'un ton empressé.

— Maintenant ?

Cette perspective n'enchantait guère Dori, mais son fils avait une expression si préoccupée ! C'était sans doute important pour lui...

— D'accord, soupira-t-elle.

— Voilà déjà une semaine, et à part M. Parker, nous n'avons pas rencontré un seul père possible.

— Danny... C'est une affaire sérieuse. Nous ne pouvons pas agir à la hâte.

— J'ai pensé utiliser un appât.

— Un appât ?

— Oui, comme à la pêche avec grand-père.

Dori avala une autre gorgée de café, pour s'assurer qu'elle était réveillée, et non plongée dans un cauchemar.

— Et à quoi pensais-tu exactement ?

— A toi.

— A moi !

— Tu es une très jolie maman, mais tu n'as rien de Marilyn Monroe.

Dori se laissa retomber sur ses oreillers ; elle secoua la tête, abasourdie.

— J'en ai assez entendu pour l'instant.
— Maman...
— Je vais prendre une douche. Déguerpis !
— Il y a autre chose, protesta Danny tout déconfit.
— Pas ce matin.

Danny se leva. Il arborait une expression de profond découragement.

— Songeras-tu à faire de l'exercice ?
— De l'exercice ? Pourquoi donc ? Je suis en pleine forme.

Elle tapota son ventre plat d'un geste éloquent. Elle avait peut-être un ou deux kilos superflus, mais elle pouvait sans honte se montrer en bikini. Ou alors en maillot une-pièce...

Danny l'examina des pieds à la tête, l'œil incrédule.

— Si tu en es sûre...

Après un tel jugement, Dori manquait singulièrement de confiance en elle. Elle n'était jamais au mieux de sa forme, le matin. Danny le savait, il en avait profité pour lancer son offensive.

Dans la salle de bains, elle laissa glisser sa chemise de nuit puis se campa devant le grand miroir fixé derrière la porte. Elle gonfla sa poitrine, rentra son ventre, s'efforçant de prendre une pose avantageuse. Elle n'était pas si mal, pour une vieille dame de trente ans !

A son arrivée au bureau, Dori n'était pas de meilleure humeur. Elle était déjà plongée dans ses dossiers quand Sandy entra, un grand sac à la main.

— Bonjour ! lança-t-elle avec entrain.
— Le lundi n'est jamais un bon jour, répliqua Dori.

Elle n'avait pas eu l'intention d'être aussi brusque. Elle leva les yeux pour s'excuser juste au moment où Sandy déposait sur la table une tasse de café et des croissants.

— Qu'est-ce que c'est ?

— Un moyen d'affronter la journée, répondit Sandy.

— Merci, mais je me passerai de croissant. Si j'en crois le jugement de Danny, je n'ai rien de Marilyn Monroe.

Sandy éclata de rire, et s'assit sur le coin de la table.

— Dans ce bas monde, il y a les gens beaux, et puis les autres !

— Essaie de faire comprendre cela à Danny ! Je vais te dire, Sandy, je n'ai jamais vu cet enfant aussi sérieux. Il s'est mis en tête de trouver un père, et il me rend folle avec ses idées saugrenues.

— Et quelle est la dernière invention de ce petit monstre ? demanda Sandy avec un sourire.

— Danny n'est pas un monstre ! protesta Dori.

— Tous les enfants sont des monstres.

Sandy n'avait jamais caché son aversion pour les enfants. Elle avait maintes fois affirmé qu'elle n'en désirait pas. Dori avait du mal à comprendre cette attitude, mais elle respectait les choix de chacun. Elle jugeait en effet inutile de mettre au monde un enfant non désiré.

— Danny estime que j'ai besoin d'exercice pour être en forme. En réalité, il me considère comme un appât. C'est le mot qu'il a employé !

— Cet enfant est plus éveillé que je ne le croyais, commenta Sandy.

Elle avala son croissant, puis s'empara de celui de Dori. Celle-ci l'observait, médusée. Sandy avait un appétit féroce, et pourtant, elle restait mince comme un fil.

— Tu vas te soumettre, je suppose ?

— Je suppose, murmura Dori. D'une certaine manière, il a raison. Je suis incapable de courir un kilomètre, même pour sauver mon âme. Mais je ne vois pas le rapport entre faire du jogging et lui trouver un père. Cela me dépasse !

— Tu as vraiment l'intention de faire une chose pareille ?

— Quoi ?

— Te remarier pour plaire à ton fils ?

— Je ne sais pas, répondit Dori d'un ton nerveux. Si je me remarie, ce ne sera pas seulement pour Danny. Ce sera pour nous deux.

— Le frère de Jeff sera en ville le prochain week-end. Nous pourrions organiser une rencontre, si tu veux.

Dori avait déjà rencontré Greg une fois. Divorcé, amer, il n'était pas d'une compagnie très passionnante. Autant qu'elle s'en souvienne, ils avaient passé la soirée à discuter de problèmes juridiques. Elle était cependant prête à écouter encore la chronique du tribunal des divorces, si cela pouvait être utile. Danny serait conscient de son effort, cela l'apaiserait pour quelque temps.

— D'accord, dit-elle brusquement.

Sandy ne cacha pas sa surprise devant un tel empressement.

— Danny est peut-être sérieux à ce sujet, mais toi aussi. Il est grand temps.

En fait, Dori regrettait déjà d'avoir accepté. Elle détestait ce genre d'intrigue.

A son retour chez elle, en fin d'après-midi, elle était toujours de mauvaise humeur !

— Salut, maman ! J'ai mis la cocotte dans le four comme tu l'avais demandé, dit Danny en l'embrassant.

Dans quelques années, Danny serait sans doute plus réservé dans ses manifestations de tendresse. Cette pensée rendit Dori mélancolique. Bien vite, trop vite, il partirait, et elle serait seule. Rien n'était pire que la solitude.

— Tu es fatiguée ? demanda Danny.

— Pas plus que d'habitude.

— Oh !

Il semblait un peu désorienté. Dori le regarda, attendrie.

— Mais j'ai assez d'énergie pour aller courir un peu avant le dîner.

— Vraiment, maman ? s'écria-t-il d'un ton joyeux.

— Si tu es prêt à m'accompagner. J'ai besoin d'un entraîneur.

Elle n'avait pas envie de parcourir les rues de la ville toute seule. Elle ne pourrait sûrement pas rivaliser avec lui, mais elle n'en avait pas non plus l'intention. Elle revêtit un vieux jean et un tee-shirt déteint, puis rejoignit son fils, qui piaffait d'impatience dans la cuisine. Dès qu'il la vit, il marqua un temps d'arrêt.

— Tu ne vas pas sortir comme ça ?

— Qu'est-ce qui ne va pas ? dit Dori en nouant un bandeau autour de son front.

— Ce sont de vieux vêtements.

— Danny ! grogna-t-elle. Je ne peux pas courir en robe !

Il l'avait probablement imaginée en justaucorps collant et jambières multicolores...

— Très bien murmura-t-il l'air contrarié.

Les premiers cent mètres furent épouvantables. Danny courait devant, dévalant le trottoir à vive allure. Piquée dans son amour-propre, Dori s'efforça de le suivre. Elle avait le souffle court et les muscles douloureux, mais s'obstinait. Elle finit cependant par se rendre compte qu'elle allait devoir renoncer ou s'écrouler !

— Danny ! lança-t-elle.

Elle s'arrêta, haletante. Elle se courba en avant, les mains sur les genoux, et s'obligea à respirer profondément.

— Je ne crois pas... Je ne devrais pas exagérer... pour le premier jour.

— Tu n'es pas fatiguée ?

— Juste... un peu... J'ai une ampoule au talon.

Il lui fallait cette excuse pour abandonner avec dignité. En outre, elle était en nage, ce qui ajoutait encore à son humiliation. Une femme ne transpire pas !

— Nous devrions rentrer, je crois...

— Oui, notre entraîneur recommande toujours la modération.

Dori se promit d'envoyer à cet entraîneur un cake au rhum pour Noël.

Content de déployer son énergie, Danny se remit à courir devant elle. Il lui jetait un coup d'œil de temps en temps. Pour faire bonne mesure, Dori n'hésita pas à boiter légèrement.

— Je suis certaine d'avoir une ampoule, marmonna-t-elle. Ces chaussures de tennis sont neuves.

Plus ils approchaient de la maison, plus la douleur devenait réelle. Dori se traînait lamentablement.

— Tu es sûre d'aller bien, maman ? demanda Danny avec inquiétude.

— Oui, oui...

Elle le remercia d'un faible sourire. Son bandeau glisait et lui tombait sur l'œil, mais elle n'avait pas la force de le rattacher.

Danny s'approcha et passa un bras autour de sa taille. Les sourcils froncés, il contemplait le visage cramoisi de sa mère.

— Laisse-moi t'aider, maman. Tu n'as pas l'air en forme.

Dori ne savait pas de quoi elle avait l'air. Elle se sentait à bout de forces. Elle avait été stupide de vouloir suivre l'allure de Danny. Elle avait l'impression d'avoir parcouru des kilomètres.

Ils étaient presque arrivés, quand, tout à coup, Danny parut hésiter.

— Hé, maman, regarde ! C'est M. Parker !

Avant qu'elle ait eu le temps d'intervenir, Danny fit de grands gestes et lança un appel vigoureux.

Au milieu du trottoir, mains sur les hanches, se tenait Gavin Parker. Il ne se donnait pas la peine de dissimuler son amusement.

3

— Vous allez bien ? demanda Gavin avec une sollicitude moqueuse.

— Cessez de vous moquer ! lança Dori.

Elle n'était pas d'humeur à plaisanter. Pas quand chaque muscle de son corps lui faisait mal.

— C'est ma faute, avoua Danny d'un air soucieux. Je pensais qu'elle attirerait davantage les hommes si elle était sportive.

Dori arracha nerveusement le bandeau qui glissait sur son front, libérant ses boucles rebelles.

— Que puis-je pour vous, monsieur Parker ?

Gavin se tourna vers Danny.

— Par exemple ! Elle est parfois un peu irritable, non ?

— Quelquefois seulement... répondit Danny dans un timide effort d'honnêteté.

Gavin affichait une expression d'intense satisfaction. Celle du chat qui vient d'attraper une pauvre souris sans défense.

— Vous ne m'invitez pas à entrer ? demanda-t-il avec une pointe d'ironie.

— N'abusez pas de la situation, Parker, murmura-t-elle à son oreille.

Elle boitilla jusqu'à la porte. Sous l'œil goguenard de

Gavin, elle batailla pour sortir la clef de la poche étroite de son jean.

— Vous avez besoin d'aide ?

Elle lui adressa un regard ulcéré. Il leva les bras avec un sourire faussement penaud.

— Je demandais, simplement !

Dès que la porte fut ouverte, Danny se précipita vers la cuisine et vers le réfrigérateur. Il revint avec une boîte de bière fraîche pour sa mère.

Dori avançait en claudiquant. Elle massait d'une main ses reins douloureux. Elle accepta la chaise offerte par Gavin, s'assit avec soulagement.

— Peut-être voudriez-vous prendre un bon bain chaud pour apaiser toutes ces douleurs ?

Elle faillit répliquer que la politesse lui interdisait d'abandonner ainsi un hôte attablé dans sa cuisine, mais elle se contint. Malgré sa soif brûlante, elle but sa bière à petites gorgées distinguées, dans l'attente vague d'une explication à la visite inopinée de Gavin.

— J'ai trouvé le blouson de Danny sur le siège arrière de ma voiture, dit-il enfin. J'ai pensé qu'il pouvait en avoir besoin.

Il tendit ses clefs au petit garçon.

— Voudrais-tu aller le chercher ?

— Bien sûr !

Danny sortit en coup de vent, le portail de la rue claqua. Gavin se tourna alors vers Dori.

— A quoi rime cette histoire de jogging pour vous rendre plus attirante auprès des hommes ?

Dori récupérait peu à peu de sa mésaventure et sortait de sa torpeur. La question l'amusa.

— Danny est obsédé par l'idée de mon remariage. Rassurez-vous, vous n'êtes pas concerné !

— Je suis heureux de l'entendre. Je serais un mari détestable.

— Je l'ai constaté.

— J'ai rangé mon blouson dans ma chambre, lança

Danny qui revenait. C'est très gentil à vous de l'avoir rapporté, monsieur Parker.

Dori se demanda soudain si son fils n'avait pas commis cet oubli délibérément pour donner à Gavin une raison de revenir. Il en était bien capable.

— Pourquoi Mélissa n'est-elle pas là ? demanda Danny. Pour une fille, elle est très bien. Elle n'a pas eu peur sur les manèges. Elle est même venue avec moi dans le grand-huit. Maman n'aurait jamais voulu.

Il s'interrompit, l'air pensif, comme s'il évaluait les avantages et les inconvénients d'avoir une fille pour amie.

— Elle crie beaucoup, toutefois, reprit-il enfin.

— Elle est à l'école, répondit Gavin. Elle t'a trouvé très bien aussi... pour un garçon.

Gavin échangea un sourire complice avec Dori, puis se leva pour prendre congé.

— Pourrons-nous faire quelque chose ensemble de nouveau ? lança Danny.

— Peut-être...

Ils se dirigèrent tous trois vers le salon. Dori boitillait toujours, sidérée d'être aussi mal en point après une petite course.

Gavin s'arrêta devant la télévision pour examiner une photographie dans un cadre de bois. Elle avait été prise un an avant la mort de Brad ; c'était la seule que Dori ait conservée. Gavin la regarda sans dire un mot, puis il se pencha pour caresser le lion empaillé qui trônait devant la fenêtre.

— Je dirai à Mélissa de te téléphoner à sa prochaine sortie de week-end.

— Sortie de week-end ? répéta Danny éberlué. Lui arrive-t-il d'avoir classe le samedi ?

— Non, explique Gavin, elle est dans un pensionnat. Elle passe les week-end avec moi, si je ne fais pas d'émission télévisée. Je suis cependant très occupé, à cette époque de l'année. Je veillerai à ce qu'elle t'appelle.

— Danny en sera ravi, approuva Dori.

Elle lui adressa son plus charmant sourire, convaincue qu'il avait saisi le message. Danny serait enchanté d'avoir des nouvelles de Mélissa ; quant à elle, elle ne souhaitait pas avoir affaire à Gavin.

Après son départ, elle put enfin se délasser tout à loisir dans un bain chaud. Elle sentit se détendre ses muscles douloureux et s'abandonna à ce délicieux bien-être.

— Le couvert est mis et la minuterie du four a sonné, annonça Danny.

Dori releva ses cheveux, enfila un peignoir, et le rejoignit à la cuisine. Danny se tenait debout devant le réfrigérateur, occupé à relire la liste des qualités requises pour un nouveau père.

— Le dîner sent très bon. Je parie que tu es affamé après un tel exercice.

Mais Danny ne se laissait pas distraire aussi aisément. Rien ne le ferait renoncer à son idée.

— Savais-tu que M. Parker connaissait le karaté ? Je lui ai demandé.

— C'est très bien, dit Dori d'un ton désinvolte. Je vais retirer la cocotte du four et nous pourrons manger.

— Il a trente-six ans, Mélissa me l'a dit. Il est aussi grand et sportif...

— Danny, non ! s'écria Dori avec impatience. J'ai le droit de refuser, tu te souviens ?

— M. Parker ferait un papa formidable, insista-t-il.

— Mais pas pour toi.

Danny eut la délicatesse de ne plus mentionner le nom de Gavin Parker. Il semblait s'incliner devant la volonté de sa mère. Pourtant, il aimait sincèrement Gavin et Mélissa, Dori le savait. Quant à elle, elle demeurait sur la réserve. Mélissa était une enfant délicieuse, mais son père était arrogant, vaniteux, et tout à fait exaspérant.

Une autre semaine s'écoula. Danny comptait les jours sur le calendrier avec une remarquable constance. Dori alla même jusqu'à lui promettre un petit chien, dans l'espoir de le détourner de ses projets. Mais Danny voulait un père ! Pendant leurs courses hebdomadaires, il lui désigna des hommes dans le magasin, avec le désir manifeste de lier connaissance.

Le rendez-vous avec Greg, le beau-frère de Sandy, fut une tentative déplorable. Dori dut écouter encore ses problèmes de divorce, puis subir le flot des questions de Danny. Elle finit par menacer de tout abandonner.

Les jours suivants, Danny fut d'une docilité inhabituelle. Mais Dori le connaissait trop bien pour se leurrer un seul instant. Cet enfant tenterait tout pour parvenir à ses fins.

Le lundi soir, elle le surprit en train de vider sa tirelire. Il éluda ses questions et allégua une surprise.

— Cet enfant médite quelque chose, dit Dori à Sandy le lendemain.

— Tu ne l'as pas interrogé ?

— Il dit qu'il veut me faire un cadeau.

Ce matin-là, Dori avait apporté du café et des croissants qu'elle déposa sur la table de Sandy.

— Connaissant Danny, railla celle-ci, je songerais volontiers à un pot de crème anti-rides.

— Probablement, murmura Dori en mordant dans son croissant.

— Je te croyais au régime !

— Tu plaisantes ? Je dépéris, avec tous les exercices que Danny m'impose.

— Et les gens se demandent pourquoi je ne veux pas d'enfant !

Ce soir-là, la sonnerie du téléphone retentit au moment où Dori entrait dans la maison. Pensant à un appel de sa mère, elle jeta en hâte son sac sur la table et saisit l'appareil.

— Allô ?

— J'appelle au sujet de votre annonce dans le journal.

— Je suis désolée, vous avez dû vous tromper de numéro.

L'homme à l'autre bout du fil tenta de discuter, mais Dori raccrocha brusquement. Elle ne voyait pas du tout l'utilité d'entamer une conversation avec un inconnu.

Danny était à l'entraînement de football, au stade du quartier. Comme les jours raccourcissaient, Dori décida soudain d'aller le chercher. Elle se garda bien de donner la raison de sa venue. Danny pouvait s'offusquer d'une telle sollicitude.

Quand ils arrivèrent à la maison, vingt minutes plus tard, le téléphone sonnait à nouveau.

— Je vais répondre, s'écria Danny.

Il se rua vers la cuisine, déroula le fil du téléphone et s'enferma dans le placard du vestibule. Dori ne prêta pas attention à son manège. Il faisait cela parfois, pour préserver ses petits secrets, en particulier quand une fille de l'école l'appelait.

Dori n'avait guère envie de cuisiner. Elle ouvrit une boîte de poisson surgelé qu'elle fit griller avec des frites. Elle préparait une salade, lorsque Danny reparut. Il raccrocha le téléphone en lui jetant un regard embarrassé.

— Etait-ce encore Erica ? demanda-t-elle.

Mais Danny ignora sa question. Il la contemplait d'un air réprobateur.

— Vas-tu continuer à porter ces vieux vêtements ? lança-t-il.

Dori était vêtue d'un jean délavé et d'un pull-over en

fil d'écosse. Elle trouvait sa tenue tout à fait convenable pour passer une soirée à la maison.

— Qu'est-ce qui ne va pas ?

— Je pensais simplement que tu préférerais porter une robe pour dîner.

— Danny, soupira-t-elle. Ce n'est pas un repas de gala.

— Oh !

Il enfonça les mains dans ses poches, le visage maussade, puis les retira brusquement quand le téléphone sonna.

— Je vais répondre, jeta-t-il.

Avant que Dori n'ait eu le temps de réagir, il était de nouveau enfermé dans le placard. Il en sortit au bout de quelques minutes.

— Que se passe-t-il ?

— Rien.

Le téléphone retentit à nouveau, en même temps que la sonnette de la porte. Danny parut quelque peu désorienté.

— Je vais répondre, s'écria-t-il machinalement, sans bien savoir de quel côté se diriger.

Dori essuya tranquillement ses mains, et fit un geste en direction de l'entrée.

— Je me charge de la porte.

Gavin Parker se tenait sur le seuil, un journal plié sous le bras. Dori le regarda avec stupeur. Il affichait une expression amusée.

— Le téléphone a-t-il beaucoup sonné récemment ? dit-il d'un ton narquois.

— Oui ! Comment le savez-vous ? Cela me rend folle !

Elle l'invita d'un geste à entrer. Quel homme étrange ! Elle pensait ne jamais le revoir, et elle le trouvait sur le seuil de sa porte, l'air curieusement réjoui.

Gavin entra et s'installa sur le canapé. Il lui adressa un regard malicieux.

— Vous n'avez pas lu le journal du matin, je suppose ?

Dori s'était contentée de lire ses rubriques habituelles, les bandes dessinées, puis la première page.

— Si, pourquoi ?

Gavin exhiba le journal, l'ouvrit à la page des petites annonces. Il parcourut les colonnes d'un index nonchalant, jusqu'à trouver ce qu'il cherchait.

Assaillie par une soudaine sensation de malaise, Dori s'assit dans un rocking-chair en face de lui.

— Avez-vous un rapport quelconque avec la personne qui a passé l'annonce suivante : « Cherche papa, grand, sportif, connaissant le karaté. Jolie maman. 555-58-18.

C'était pire, bien pire que tout ce que Dori avait pu imaginer. Humiliée, furieuse, elle enfouit son visage dans ses mains. Elle laissa échapper un gémissement, tandis qu'une vive rougeur envahissait ses joues et que les larmes lui montaient aux yeux.

— Daniel Bradley Robertson, viens ici une minute !

Elle utilisait rarement ce ton avec son fils. Généralement, il arrivait aussitôt. La porte du placard s'ouvrit d'un coup, ils virent surgir la tête de Danny.

— Un instant, maman, je suis au téléphone... Oh, bonjour, monsieur Parker.

— Hello, Daniel Bradley Robertson ! répondit Gavin.

Il se leva pour prendre le récepteur des mains du petit garçon.

— Je crois que ta mère aimerait te parler. Je vais m'occuper de la personne qui est au bout du fil.

Danny regarda sa mère sans broncher, l'image même de l'innocence !

— Oui, maman ? Quelque chose ne va pas ?

Dori secoua la tête, bouleversée. Elle ne savait

comment expliquer sa détresse. Danny s'agenouilla devant elle, plein de sollicitude.

— Maman ? Qu'est-ce qu'il y a ? Pourquoi pleures-tu ?

Dori se contenta d'esquisser un geste en direction de la salle de bains. Danny parut comprendre. Il sauta sur ses pieds et revint avec une boîte de mouchoirs en papier.

— Est-ce ton habitude d'utiliser le placard du vestibule pour parler au téléphone ? lança Gavin qui rentrait dans le salon.

— Que se passe-t-il avec maman ? répliqua Danny. Elle ne cesse pas de pleurer.

La sonnerie du téléphone retentit à nouveau. Dori poussa un sanglot hystérique.

— Je m'en charge, assura Gavin. Danny, viens avec moi dans la cuisine ; ta mère a besoin d'être un peu seule.

Danny hésita. Il voyait pleurer sa mère, et cet homme lui donnait des ordres d'un ton autoritaire. D'un geste las, Dori congédia son fils.

Pendant l'heure qui suivit, le téléphone sonna encore une vingtaine de fois. A chaque sonnerie, Dori tressaillait. Gavin et Danny étaient restés dans la cuisine pour répondre aux appels.

Prostrée, Dori se balançait doucement dans son rocking-chair. Danny s'aventura dans le salon pour lui proposer de dîner. Devant son refus silencieux, il s'esquiva.

Elle finit par se calmer quelque peu. Elle renonça à son idée folle de vendre la maison pour s'enfuir à l'autre bout du monde. Elle devait d'abord annuler cette ridicule annonce, puis changer de numéro de téléphone.

Elle alla se rafraîchir le visage dans la salle de bains, puis gagna la cuisine. Elle découvrit avec stupeur Gavin et Danny occupés à laver la vaisselle. Gavin était debout devant l'évier, les manches retroussées, Danny se tenait à côté, un torchon à la main.

— Salut, maman, dit-il avec un regard fuyant. M. Parker m'a expliqué que mon idée n'était pas très bonne.

— Non, en effet, murmura-t-elle.

— Aimerais-tu dîner, maintenant ? Nous t'avons gardé ta part.

— Non merci. Que s'est-il passé ici ?

En réponse à sa question, le téléphone sonna. Elle se recroquevilla, tant le son lui paraissait discordant. Sans la moindre hésitation, Gavin s'essuya les mains et se dirigea vers l'appareil. Il lui adressa un clin d'œil rassurant avant de décrocher.

— Ecoute-le, chuchota Danny avec un petit rire. Il a trouvé une méthode pour éviter d'avoir à discuter. C'est vraiment un homme très malin.

Après un bref silence, Gavin se mit à imiter l'enregistrement de la compagnie des téléphones.

— Le numéro que vous avez demandé n'est plus attribué, dit-il d'une voix monocorde.

Pour la première fois de la soirée, Dori se dérida légèrement. Une ombre de sourire effleura son visage tendu. Elle devait admettre l'ingéniosité de Gavin.

Il raccrocha avec un air satisfait, puis s'assit à côté d'elle.

— Vous sentez-vous mieux ?

Elle fit un petit signe de la tête. Au début, elle avait été mortifiée de son attitude moqueuse. Maintenant, elle lui était reconnaissante d'être intervenu pour prendre la situation en main. Elle n'osait imaginer ce qui serait arrivé sans son aide.

Du bout du doigt, il lui releva doucement le menton.

— Je ne suis pas sûr que vous alliez bien. Vous êtes pâle comme un linge.

Une bouffée de plaisir inattendue jaillit en elle à ce contact. Il effleura son visage dans une caresse qui se voulait rassurante, et qui était étrangement sensuelle, troublante même. Désorientée, elle leva les yeux vers lui. Ils se fixèrent, l'espace d'un instant, tandis que la main de Gavin glissait le long de son cou, pour s'enfouir dans ses doux cheveux roux. Dori le vit soudain respirer plus vite, comme surpris par sa propre émotion. Il retira brusquement sa main.

— Vous avez besoin d'un verre. Où est-ce ?

Dori lui indiqua le placard où elle gardait un peu d'alcool. Il lui versa une rasade de brandy.

— Danny, tu n'as pas de devoirs à faire ? lança-t-il alors d'un ton négligent.

— Non ! répondit Danny, qui arbora presque aussitôt une mine confuse. Oh, je comprends... Vous voulez parler à maman...

— Exact.

Ils échangèrent tous deux un clin d'œil complice, puis Danny quitta la pièce. Gavin s'assit de nouveau près de Dori. Il lui tendit son verre.

— Ne discutez pas. Buvez !

— Vous aimez bien donner des ordres, n'est-ce pas ?

Dori songeait que l'émotion jaillie entre eux s'était bien vite évanouie. Gavin ignora le reproche.

— J'ai une idée qui pourrait nous être profitable à tous les deux, dit-il.

Dori avala une gorgée de brandy. L'alcool lui fit monter les larmes aux yeux.

— Quoi ? souffla-t-elle d'une voix mal assurée.

— De toute évidence, Danny prend très au sérieux cette histoire de nouveau père. D'autre part, Mélissa aimerait que je me remarie. Elle déteste la discipline du pensionnat.

Dori comprenait cela fort bien. Mélissa était à l'âge où l'on souhaite se maquiller, porter des vêtements à la mode. Les religieuses ne toléraient sans doute pas ce genre de caprices. La vie dans un couvent ne devait guère correspondre au goût de la jeune fille pour l'aventure.

— Vous n'êtes tout de même pas en train de rêver de marche nuptiale, jeta-t-elle d'un ton ironique.

Gavin lui adressa un regard menaçant. Dori ne put s'empêcher de sourire. Il ne lui déplaisait pas de renverser ainsi les rôles.

— Je n'ai aucune intention de me remarier, je vous l'ai déjà dit. Une fois a suffi pour me guérir à vie. Cependant, je suis disposé à trouver un compromis si cela est salutaire pour Mélissa.

— Quelle place prenons-nous, Danny et moi, dans ce charmant tableau ?

— Nous pourrions conclure un accord et sortir ensemble. Danny et Mélissa croiraient à une liaison entre nous.

Dori laissa échapper un soupir. L'idée était intéressante, elle devait se l'avouer. Mélissa avait besoin d'une présence féminine. Quant à Danny, il rêvait surtout d'un homme qui partagerait ses activités et ses goûts. Dori avait remarqué l'inquiétude de son fils à propos du match pères-fils, prévu pour la fin de la saison. Depuis des années, son grand-père se portait volontaire pour cette manifestation, mais il vieillissait. Jouer au football devenait une épreuve pour lui.

— Nous pourrions commencer ce week-end, proposa Gavin avec empressement. Nous irions dîner vendredi soir tous les deux. Dimanche, j'emmènerais Danny au match des Seahawks, pendant que vous feriez du shopping avec Mélissa.

Il lui offrait un sourire enjôleur. Celui sans doute qu'il utilisait pour séduire les jeunes femmes crédules. Dori n'avait guère envie de jouer le jeu. Elle n'était pas stupide. Il était prêt à se sacrifier le vendredi et le dimanche, s'il restait libre le samedi. Mais pourquoi pas ? Elle ne se souciait pas de ce qu'il faisait.

— Alors ?

Gavin ne semblait plus tout à fait aussi confiant. Dori s'en réjouit. Il était inutile de lui accorder trop vite satisfaction.

— C'est peut-être une bonne idée.

— Vous semblez douter de mes capacités, dit-il avec un sourire.

Il s'était montré gentil et serviable, au cours de cette soirée désastreuse. Elle pouvait faire preuve d'un peu de bonne volonté.

— D'accord, j'accepte.

— Magnifique ! Alors je vous verrai vendredi, vers dix-neuf heures.

— Parfait. Je tiens à vous remercier pour votre aide de ce soir. C'était vraiment très gentil. Je téléphonerai au journal dès demain matin pour résilier l'annonce. Ensuite je ferai changer mon numéro.

— Vous savez comment répondre aux appels éventuels ?

Dori se pinça le nez, puis d'une voix haut perchée, elle imita l'enregistrement de la compagnie des téléphones. Gavin éclata de rire.

— Nous pouvons passer de bons moments ensemble, Dori. Simplement, ne tombez pas amoureuse de moi.

— Croyez-moi, il n'y a aucune chance, lança-t-elle avec un brin d'irritation. A dire vrai, je pense que vous êtes le...

Elle n'eut pas le loisir de finir sa phrase. Il l'attira brusquement contre lui et l'embrassa. Chancelante, le souffle coupé, elle le repoussa de toutes ses forces.

— Chut, murmura Gavin à son oreille. Danny est juste derrière la porte.

— Vraiment ?

— Je ne veux pas qu'il vous entende. Si nous voulons convaincre ces enfants, nous devons avoir l'air naturel.

Dori rougit légèrement. Gavin s'en aperçut, et la libéra gentiment de son étreinte.

— Je ne vous ai pas fait mal ?

— Non, affirma-t-elle. Mais prévenez-moi, la prochaine fois.

Le teint pâle des rousses était un terrible handicap. Le moindre embarras était visible.

— Eh bien, comment me trouvez-vous ?

— A quel propos ?

Il secoua la tête devant son incompréhension manifeste.

— Le baiser. Comment noteriez-vous ce baiser ?

— Sur une échelle de un à dix ?

Dori sentait qu'elle allait s'amuser. Elle croisa les bras, leva les yeux vers le plafond d'un air pensif. Le moment était venu de remettre cet homme vaniteux à sa juste place.

— En tenant compte du fait que vous êtes un ex-arrière, je dirais un petit cinq, déclara-t-elle enfin.

— Je m'attendais à moins de sévérité, dit-il avec une mine déçue.

— Je n'espère pas non plus voir votre technique s'améliorer avec le temps, si j'en crois toutes vos affirmations.

— Cela se pourrait, répliqua-t-il en riant, mais j'en doute.

A cet instant, Danny entra dans la cuisine en sifflotant d'un air dégagé.

— Je ne vous dérange pas ?

— Tu ne vois aucun inconvénient à ce que j'emmène ta maman dîner vendredi soir, n'est-ce pas mon vieux ?

— Est-ce vrai, maman ?

Dori aurait volontiers donné à Danny le double de son argent de poche pour le voir moins empressé.

— Je suppose, répondit-elle sèchement.

Gavin fit mine de ne pas remarquer son manque d'enthousiasme.

— Mais tu disais que M. Parker était un...

— Ne te soucie pas de cela maintenant, coupa-t-elle en rougissant de nouveau.

— Alors à vendredi ! lança Gavin avant de partir.
— C'est un vrai rendez-vous ! s'exclama Danny.
Dori l'avait rarement vu aussi content.

Dès son retour du bureau, le vendredi soir, il la harcela de questions. Il voulait savoir quelle robe elle porterait, quel parfum, quelles boucles d'oreilles, quelles chaussures... Il donnait son avis sur tout. Puis il entreprit de l'accabler de statistiques sur le football. Cela dura pendant tout le trajet jusque chez les parents de Dori, ravis d'avoir leur petit fils pour la nuit. Dori finit par se rebiffer.

— Danny, riposta-t-elle, M. Parker ne s'attend pas à ce que je sois experte en football.

— Mais, maman, cela l'impressionnera ! dit-il d'une voix chantante.

De retour chez elle, Dori prit un bain pour se calmer. Elle se maquilla avec soin, puis s'habilla. Gavin était en retard. Elle n'en fut ni surprise ni offensée. Elle profita de ce sursis pour appliquer une dernière couche de vernis rose pâle sur ses ongles.

Gavin semblait pressé et hors d'haleine quand il gravit les marches du perron. Dori l'avait vu arriver, elle lui ouvrit aussitôt la porte.

— Bonjour ! dit-elle sans faire la moindre allusion à son retard.

— Où est Danny ? demanda Gavin avec un sourire forcé.

— Chez mes parents.

— Oh !

Il resta un instant silencieux, puis passa la main dans ses cheveux d'un geste embarrassé.

— Ce soir, les choses ne se déroulent pas exactement comme prévu. J'ai promis une faveur à un ami. Mais il ne faut pas que cela vous ennuie.

— Je ne vais pas me tracasser pour cela, murmura Dori.

Elle enfila le manteau que Gavin lui tendait. Elle n'avait pas la moindre idée des projets de Gavin Parker. Cependant, le connaissant, elle était sûre qu'il ne s'agissait ni de roses ni de clair de lune.

— Parlez-vous sérieusement ? demanda-t-il avec une certaine nervosité. J'ai eu quelques problèmes au bureau, c'est pourquoi je suis en retard.

— Cela ne me concerne pas. Nous ne sommes pas follement amoureux l'un de l'autre.

Dori était contente que Danny ne soit pas là pour assister à son fameux rendez-vous. Ce n'était pas tout à fait une rencontre passionnée.

Pendant qu'elle fermait la porte, Gavin dévala l'escalier pour mettre le moteur en marche. Elle poussa un soupir quand elle le vit se pencher simplement pour ouvrir la portière. Elle monta dans la voiture avec un sourire contraint. Autant pour la galanterie et le romantisme !

Elle n'aurait même pas été choquée d'apprendre qu'une autre femme attendait quelque part. En revanche, elle fut très surprise d'être conduite dans un fast-food. Gavin la pressa de s'asseoir, commanda en toute hâte des hamburgers et des verres de lait. Elle ignorait ce qu'il méditait, mais elle se garda de manifester la moindre réaction.

— Je vous avais promis un dîner ! lança-t-il d'un ton provocant.

— C'est exact, répondit-elle doucement.

— Quoi qu'il puisse arriver ce soir, souvenez-vous que je vous ai nourrie.

— Je vous en remercie.

Elle avait du mal à contenir son ironie. Où pouvait-il bien l'emmener ?

— En fait, lorsque je vous ai invitée, j'avais oublié... un engagement.

— Gavin, ne vous tourmentez pas. Vous pouvez toujours me ramener chez moi. Ce n'est pas grave. S'il y a une autre femme, cela nous évitera une situation gênante.

Gavin expédia le reste de son hamburger, puis chiffonna le papier. Il semblait choqué de sa supposition.

— Il n'y a pas d'autre femme. Si cela ne vous ennuie pas de venir, cela ne m'ennuie pas de vous emmener. Etant donné les circonstances, je me suis déjà procuré un billet supplémentaire.

— Je suis prête à tout.

Elle se demandait néanmoins à quoi elle s'engageait. L'allusion à un billet supplémentaire était plutôt encourageante.

— Cela risque simplement de se terminer très tard, reprit-il.

Cette fois, elle se sentait remplie de curiosité.

— Il n'y a pas à s'inquiéter, déclara-t-elle. Danny passe la nuit chez mes parents.

— Magnifique ! s'écria-t-il avec un sourire éclatant. Comme dirait Danny, pour une fille, vous êtes très bien !

— J'apprécie ce compliment.

Ils regagnèrent la voiture et sortirent du parking. Gavin prit l'autoroute en direction de Tacoma. Dori était un peu perplexe, mais il était trop tard pour rebrousser chemin.

Ils arrivèrent dans la banlieue de Tacoma, et stoppèrent dans une zone peu éclairée. D'autres voitures étaient garées alentour. Gavin jeta un coup d'œil à sa montre, puis il l'entraîna vivement vers un bâtiment gris. Ils étaient sans doute en retard. Dori n'eut pas le temps de lire l'enseigne au-dessus de la porte.

Ils pénétrèrent dans une immense salle, salués par des acclamations. Dori avait du mal à voir, tant la fumée était épaisse. Soudain son sourire s'évanouit. Elle se tourna avec colère vers Gavin.

— J'ai promis à un ami de venir admirer son nouveau champion, expliqua-t-il devant sa réaction.

— Ainsi vous m'avez amenée aux combats du vendredi soir ?

4

— Est-ce un tel problème ? demanda Gavin d'un ton de défi.

Dori avait peine à le croire ; c'était donc cela son rendez-vous avec le beau et célèbre Gavin Parker ! Elle n'avait jamais assisté à un match de boxe ; elle n'en avait jamais éprouvé l'envie. D'ailleurs, le sport en général ne l'intéressait guère. A la question de son compagnon, elle répondit pourtant avec une certaine honnêteté.

— Non, je ne crois pas...

Danny serait ravi. Cela suffirait à le convaincre du sérieux de ses relations avec Gavin.

Ils descendirent la longue allée centrale pour aller s'installer à quelques rangées seulement du ring. Bon gré mal gré, Dori était désormais assurée de ne rien perdre du spectacle.

Gavin semblait un habitué des lieux. Il présenta Dori à plusieurs hommes dont elle n'eut pas le temps de saisir les noms. Il y avait fort peu de femmes dans l'assistance. Dans sa robe de crêpe gris et noir, Dori se sentait trop élégante. Elle se recroquevilla sur son siège, tandis que Gavin bavardait amicalement avec un homme assis juste devant eux.

— Voulez-vous des cacahuètes ? proposa-t-il au bout d'un instant.

— Non merci.

Les mains posées sur les genoux, elle étreignait son sac et le programme reçu à l'entrée. On ne mangeait tout de même pas pendant ce genre d'exhibition !

Gavin haussa les épaules puis se leva, cherchant de la monnaie dans sa poche. Il lui adressa un regard oblique.

— Vous n'êtes pas fâchée ?

Il s'attendait sans doute à ce qu'elle le soit. Peut-être même l'espérait-il. Il aurait ainsi la satisfaction de constater que toutes les femmes se ressemblaient. Dori le soupçonnait de ne pas avoir particulièrement envie de l'apprécier. Elle devinait sa crainte d'une relation trop sérieuse, même si elle était fondée sur l'amitié et le respect mutuel.

— Non, je ne suis pas fâchée, dit-elle avec un sourire enjoué. Cela devrait être intéressant.

En réalité, elle échafaudait déjà une subtile revanche. A leur prochaine sortie, elle se ferait emmener à l'opéra... un opéra en italien de préférence.

— Je reviens dans une minute, lança-t-il en enjambant son siège.

Dori se sentait tout à fait dépaysée. Elle se tenait bien droite, et s'armait de tout son courage pour affronter l'épreuve qui l'attendait.

— Ainsi, vous êtes Dori.

C'était l'homme qui avait bavardé avec Gavin. Dori ne parvenait pas à se rappeler son nom. Gênée, elle lui sourit timidement.

— Oui.

— C'est la première fois que Gavin amène une femme ici.

Dori reconnut là un compliment.

— J'en suis très honorée.

— Il a fréquenté cette beauté blonde pendant quelque temps. Nous avions un peu peur qu'il ne l'épouse.

— Vraiment ?

Dori était intriguée. Une blonde ! Gavin n'avait jamais mentionné la moindre blonde. S'il continuait à fréquenter quelqu'un d'autre de façon régulière, cela ruinerait leur accord. Gavin la traînait aux combats de boxe, et faisait la fête en cachette avec une blonde évaporée. Magnifique !

— Oui, reprit l'inconnu en veine de confidences, il la voyait vraiment très souvent. Il ne venait même plus aux matchs.

— Alors elle devait beaucoup compter pour lui, souffla Dori d'un air charmant.

Elle espérait inciter l'homme à en dire davantage.

— Il ne vient pas chaque semaine, vous comprenez. En fait, pendant la saison de football, c'est une chance de le voir une fois par mois.

Dori commençait à se demander jusqu'à quel point elle avait vraiment de la chance. L'homme jeta un coup d'œil dans l'allée et ébaucha une grimace. Dori aperçut Gavin qui revenait, chargé d'un énorme sac de cacahuètes. Dès qu'il s'assit, elle s'en servit distraitement une poignée.

— Je croyais que vous n'en vouliez pas ! dit Gavin en lui tendant le sac.

— Mais je n'en veux pas, marmonna-t-elle. D'ailleurs, je n'aime pas ça.

— Vous vous êtes jetée dessus à la minute où je me suis assis !

Lorsqu'elle était agitée ou troublée, Dori avait souvent tendance à grignoter n'importe quoi.

— Vraiment ? Je suis désolée, dit-elle. Je ne m'en suis pas rendu compte.

— Quelque chose vous tracasse ?

Gavin l'observait, le regard assombri comme s'il s'attendait à une quelconque récrimination. Dori détestait être aussi limpide. Elle avait effectivement envisagé de lui parler tôt ou tard de sa liaison avec cette... cette autre femme qui mettait en péril leur tentative d'accord.

— Rien ne me tracasse, répondit-elle. Simplement... votre ami... là devant... m'a informée de vos relations avec une blonde et...

— Et vous en avez aussitôt tiré des conclusions ?

— Oui, ce... cela ne fait pas partie de notre accord.

En réalité, Dori était surtout inquiète de sa propre réaction. Si Gavin fréquentait une autre femme, elle n'avait pas à en prendre ombrage. En dehors des limites de leur accord, elle n'avait pas à se soucier de lui. Mais son orgueil était en jeu. Si Danny entendait parler de cette femme, elle risquait de perdre l'estime de son fils.

— Eh bien, inutile de vous tourmenter. Je ne la fréquente plus.

— Pourquoi ? A-t-elle eu le mauvais goût de rêver de fleurs d'oranger ?

— Non ! Mais chaque fois qu'elle ouvrait la bouche, c'était pour dire des futilités !

La mine renfrognée, il ouvrit une cacahuète d'un geste vengeur. Dori tenta en vain de dissimuler un sourire.

— Je croyais que les femmes de ce genre étaient les plus attrayantes.

— Je commence à le croire aussi, lança-t-il d'un ton sec.

Il gardait un visage impénétrable. Dori ressentit pourtant une curieuse impression de triomphe. Elle se détendit et ne prononça plus un mot.

Bientôt des acclamations et des sifflets éclatèrent dans la salle. Les jeunes boxeurs firent leur entrée en paradant, accompagnés de leurs managers et de leurs assistants. Ils passèrent sous les cordes, et chacun gagna son coin sur le ring.

Dori parcourut le programme. Ces deux premiers concurrents étaient dans la catégorie des poids légers.

L'annonceur s'empara du micro, sa voix retentit, claire et distincte.

« Mesdames et messieurs, bienvenue aux combats du vendredi soir de Tacoma. Vêtu d'un short blanc, pesant soixante kilos, voici Boom Boom Bronson ! »

Les acclamations et les sifflets jaillirent à nouveau. Boom Boom sautillait au milieu du ring ; il donna quelques coups de poing dans le vide, à la grande joie de l'assistance, puis retourna dans son coin. Même immobile, il paraissait tendu, prêt à bondir.

L'autre boxeur se présenta à son tour. Il se livra au même manège, aux mêmes gestes agressifs. La foule devint folle. Le voisin de Dori, debout, se mit à siffler d'une manière frénétique. Elle se servit une autre poignée de cacahuètes.

Les deux adversaires se concertèrent un instant avec l'arbitre, puis rejoignirent leurs équipes respectives, sans doute pour décider d'une stratégie.

La cloche retentit ; les deux hommes s'avancèrent l'un vers l'autre. Dori était stupéfaite de la violence qui émanait de ces deux corps musclés et nerveux.

A la fin du premier round, un silence bourdonnant s'instaura dans la salle. Dori ne connaissait rien à la boxe. Elle détestait les combats jusqu'à ce jour. Elle découvrait pourtant dans cette lutte acharnée entre les deux hommes un côté outrancier, presque théâtral, qui la fascinait. Malgré son aversion pour la violence, elle se surprit à encourager Boom Boom avec ardeur. Quand il fut jeté à terre par la droite foudroyante de Tucker Wallace, elle bondit pour s'assurer qu'il se relevait.

— Oh, mon Dieu, gémit-elle en s'affaissant sur son siège, une main devant les yeux. Il saigne.

Gavin regardait d'un air incrédule le visage empourpré et excité de sa compagne. Dori, consciente de sa surprise, le fixa d'un œil effronté.

— Qu'y a-t-il ? Je crie trop fort ?

Absorbée par le spectacle, elle pouvait très bien l'avoir gêné par son bruyant enthousiasme.

— Non, répondit-il vivement. Je suis seulement étonné. Vous semblez aimer cela.

— Eh bien, à dire vrai, je ne m'attendais pas à aimer. Mais ces deux garçons sont formidables.

Gavin lui adressa un sourire éblouissant qui la fit frissonner.

— Oui ! Ils le sont.

A la grande joie de Dori, Boom Boom fut déclaré vainqueur. La soirée se termina après trois combats.

Ils sortirent pour regagner la voiture. Il pleuvait ; Dori se sentit soudain glacée, malgré son épais manteau. Gavin alluma aussitôt le chauffage.

— Vous aurez chaud dans une minute.

— Il va sans doute neiger, murmura Dori.

— Mais non, dit Gavin d'un ton confiant. Il faisait chaud dans la salle, voilà tout.

Dori observait le flot chargé du trafic. Il leur serait impossible de sortir du parking avant un moment. Elle n'avait d'ailleurs aucune envie de se presser. En fait, elle avait beaucoup apprécié cette soirée, même si elle n'avait pas prévu d'assister à des matchs de boxe. Gavin était un homme à surprises, elle s'en rendait compte.

— Bouclez votre ceinture, dit Gavin à cet instant.

Avant qu'elle ait pu esquisser un geste, il saisit lui-même la ceinture pour la tendre autour de sa taille. Leurs regards se croisèrent. Leurs bouches étaient tout près, si près l'une de l'autre ! Le cœur de Dori battait la chamade. Elle découvrait dans les yeux sombres de Gavin une chaleur troublante. Elle éprouva soudain pour lui une grande tendresse.

Quand il courba la tête, elle comprit qu'il allait l'embrasser. Animée par le même désir, elle ne fit rien pour le repousser. Leurs bouches se mêlèrent dans une caresse tendre. Puis Gavin lui effleura doucement le visage et les cheveux.

— Réchauffée ? murmura-t-il d'une voix rauque.

Elle fit un signe de tête, trop émue pour parler.

— Bien !

Alors avec une totale nonchalance, il attacha sa ceinture, puis jeta un coup d'œil dans le rétroviseur, avant de s'engager dans la rue.

Heureusement protégée par l'obscurité, Dori était rouge de confusion au souvenir de sa folle imprudence. Elle ne s'était pas dérobée au baiser de Gavin. Pire, elle y avait pris plaisir.

— Je vous accorde un six, peut-être un petit sept, lança-t-elle d'un ton uni.

Elle le défiait délibérément pour masquer son émotion.

— Comment ?

— Je parlais du baiser !

Elle espérait être assez désinvolte pour sembler naturelle. Gavin ne devait en aucun cas déceler son trouble.

— Je suis content d'apprendre que je m'améliore. Si je me souviens bien, le dernier baiser valait un simple cinq.

Il se glissa avec aisance dans le trafic pour emprunter l'artère principale. Il s'arrêta à un feu, laissant échapper un petit rire.

— Sept... répéta-t-il. J'aurais cru que cela valait au moins huit.

— Peut-être... non... sept. Je suis catégorique, déclara Dori plus détendue.

— Vous êtes une femme dure, Dori Robertson.

— On me l'a déjà dit !

Au lieu de se diriger vers l'autoroute, comme elle s'y attendait, elle vit Gavin prendre la direction du bord de mer.

— Où allons-nous ?

— Manger quelque chose. J'ai pensé que vous auriez peut-être faim.

— Volontiers, mais s'il vous plaît, pas un hamburger. C'est toujours le menu de mes sorties avec Danny.

— Ne vous inquiétez pas, répondit Gavin en souriant. J'ai une autre idée.

En l'occurrence, l'autre idée de Gavin se révéla être le *Lobster Shop,* un élégant restaurant sur le port de Tacoma. Dori avait souvent entendu parler de cet endroit, mais elle n'y était jamais venue. C'était un restaurant où il fallait réserver sa table plusieurs jours à l'avance.

— Vous aviez organisé cela depuis longtemps, déclara-t-elle.

— J'ai songé que j'aurais peut-être à vous calmer, après vous avoir entraînée aux combats de boxe.

— Je m'y suis bien amusée.

— Je sais ! s'exclama-t-il en riant. Vous m'avez plutôt surpris, surtout quand vous avez embrassé Boom Boom.

— Je lui ai envoyé un baiser, c'est différent, riposta-t-elle. J'étais contente de sa victoire, voilà tout !

— Je m'en suis aperçu. Cependant, la prochaine fois que vous aurez envie d'embrasser un sportif, vous pourriez essayer avec moi.

Dori prit une mine horrifiée.

— Vous plaisantez ! Vous seriez capable de me donner une note !

Ils riaient tous deux en sortant de la voiture. Dans les yeux de Gavin brillait une lueur d'admiration.

Le repas fut succulent. Ils dégustèrent un homard, spécialité de la maison, accompagné d'un excellent vin blanc. Ils s'attardèrent ensuite à bavarder devant des tasses de café fort.

— A dire vrai, avoua Dori, je n'espérais pas beaucoup de notre rendez-vous.

— Vraiment ? s'étonna Gavin d'un ton malicieux.

— Pourtant, je me suis bien amusée. Il est très agréable de ne pas avoir les petites inquiétudes d'un engagement véritable. Nous prenons simplement plaisir à être ensemble, sans nous poser de questions. Nous savons tous les deux où nous en sommes. J'apprécie cela.

— Moi aussi, acquiesça Gavin.

Il adressa un sourire distrait à la serveuse qui apportait l'addition. Dori songeait à partir, mais elle se sentait étrangement bien. Quand une autre serveuse remplit à nouveau leurs tasses, ils ne protestèrent ni l'un ni l'autre.

— Depuis combien de temps êtes-vous veuve ? demanda Gavin.

— Cinq ans, répondit-elle en baissant les yeux. Après tout ce temps, j'ai encore beaucoup de mal à accepter la disparition de Brad. Cela paraît irréel. S'il avait été malade longtemps, je me serais peut-être résignée, mais tout est arrivé si vite. Il est parti travailler un matin, le soir, il était mort. J'ai pensé à ce jour-là des milliers de fois. Si seulement j'avais su que c'était notre dernier matin ensemble... j'aurais eu tant de choses à lui dire. Je n'ai jamais eu la chance de le remercier pour toutes ces merveilleuses années vécues ensemble.

— Que s'est-il passé ? demanda Gavin.

Puis il lui prit doucement la main et ajouta :

— Ecoutez, si cela vous est pénible, nous pouvons abandonner ce sujet.

— Non, murmura-t-elle. Votre curiosité est naturelle. Ce fut un accident incroyable. Encore aujourd'hui, j'ignore ce qui s'est passé exactement. Brad travaillait sur un chantier en ville. L'échafaudage s'est effondré, une demi-tonne de briques est tombée sur lui. Quand on a enfin réussi à le dégager, il était mort. J'étais enceinte de trois mois à l'époque. Nous avions tellement désiré cet enfant ; nous avions même fait des économies pour que je puisse quitter mon emploi après la naissance. Et puis tout s'est écroulé en même temps.

Une semaine après l'enterrement de Brad, j'ai perdu le bébé.

Bouleversé, Gavin étreignit sa main en signe de réconfort.

— Vous êtes une femme forte pour avoir résisté à tout cela.

— Je n'avais pas le choix, répliqua tristement Dori. Il y avait Danny. Son univers avait été chamboulé comme le mien. Nous nous sommes accrochés l'un à l'autre. Nous avons finalement réussi à surmonter. Ce ne fut pas facile, mais il n'y avait vraiment pas d'autre solution. Nous ne pouvions par refuser la vie.

— Cela a dû vous bouleverser, lorsque Danny à réclamé un nouveau père ?

— Je suis tombée des nues. Ce gamin a parfois des idées saugrenues.

— Comme la petite annonce, par exemple ?

— Je n'ai jamais été aussi embarrassé de ma vie, soupira Dori. Je vous suis très reconnaissante de votre aide.

— Si vous parveniez à convaincre Mélissa d'acheter une robe, je vous en serais également reconnaissant.

— Considérez cela comme acquis.

Curieusement, cette phrase parut déplaire à Gavin. Il but le reste de son café, puis se leva.

— Les femmes ont l'art d'obtenir ce qu'elles veulent, n'est-ce pas ?

Dori ravala une riposte cinglante. Elle n'avait rien fait pour mériter une telle attaque. Mais elle refusait de se tourmenter pour si peu, qu'il agisse à sa guise !

Tandis qu'il lui ouvrait la portière de la voiture, il parut hésiter.

— Je n'avais pas l'intention d'être désagréable avec vous, tout à l'heur.

Gavin Parker s'excusait ! Dori le regarda, déconcertée.

— D'abord, murmura-t-elle, masquant sa surprise.

Durant tout le trajet jusqu'à Seattle, elle resta la tête appuyée à son dossier, les yeux clos. La semaine avait été longue, elle était fatiguée. Elle se redressa quand Gavin stoppa devant sa maison.

— Merci, Gavin, j'ai passé une excellente soirée.

— Merci.

Il sortit de la voiture mais laissa tourner le moteur. Dori en éprouva un certain soulagement, mêlé toutefois de regret. Elle avait vaguement envisagé de l'inviter pour un dernier café... au risque d'ailleurs de voir ce geste mal interprété. De toute manière, Gavin semblait pressé de repartir.

Il l'accompagna néanmoins jusqu'à sa porte, puis attendit pendant qu'elle cherchait sa clef dans son sac. Dori était troublée. Il l'avait questionnée au sujet de Brad, sans pour autant révéler le moindre détail sur son ex-femme. Elle aurait aimé savoir... Elle hésita, sa clef à la main.

— Merci encore.

S'il faisait mine de l'embrasser, elle ne protesterait pas. Elle gardait sur les lèvres le goût de leur baiser, un baiser agréable, émouvant même... Dori se sentit prise d'un léger vertige. Sans doute était-ce le vin...

Gavin se tenait si près... un pas, et elle était dans ses bras. Elle se raidit, résolue à ne pas bouger. Il effleura du doigt son visage tremblant, leurs regards se croisèrent. Dori compris qu'il avait envie de l'embrasser mais ne le ferait pas. Par défi. Si elle esquissait le moindre geste, il l'accuserait ensuite de chercher à le séduire.

Dori baissa les yeux ; elle refusait de jouer à ce jeu-là.

— Bonne nuit, dit-elle doucement.

— Bonne nuit, Dori.

Mais ils restèrent tous deux immobiles.

— Je passerai prendre Danny dimanche vers neuf heures, ajouta alors Gavin.

— Très bien, il sera prêt.

— J'amènerai Mélissa à la même heure.
— Ce sera parfait.
Dori luttait contre son émotion. Elle n'avait pas l'intention de lui faciliter les choses. S'ils devaient s'embrasser, Gavin prendrait l'initiative. Il recula d'un pas.
— Alors à dimanche.
— A dimanche.
Elle se détourna pour mettre la clef dans la serrure, ouvrit et lui jeta un coup d'œil par-dessus son épaule.
— Bonne nuit, Gavin.
— Bonne nuit.
Il avait dans les yeux une lueur qui la fit frémir. Le cœur en émoi, elle se hâta d'entrer, puis referma la porte. Il ne l'avait pas embrassée, mais son regard était plus éloquent qu'un baiser.

Le lendemain matin, Danny fit une irruption tonitruante dans la maison.
— Maman ! Comment cela s'est-il passé ? M. Parker t'a-t-il posé des questions sur le football ? A-t-il essayé de t'embrasser ? L'as-tu laissé faire ?
Dori était assise à la table de la cuisine, vêtue d'un vieux peignoir de bain à l'ourlet déchiré. Les pieds posés sur une chaise, elle lisait le journal. Elle serra tendrement Danny dans ses bras.
— Où est grand-mère ?
— Elle avait une réunion à son club de jardinage ; elle te verra plus tard.
Danny s'installa à califourchon sur une chaise.
— Alors, comment ça s'est passé ?
— Bien.
— Seulement « bien » ? Rien n'est arrivé ?
Sa voix trahissait une immense déception. Dori sourit.
— Que croyais-tu ? Mon chéri, ce n'était qu'un rendez-vous. Le premier. Il faut du temps.

— Combien de temps ? riposta Danny. J'espérais avoir un nouveau papa pour Noël.

— Danny, écoute-moi. Il s'agit d'une affaire importante. Souviens-toi quand nous avons acheté ta bicyclette. Nous avons visité tous les magasins du quartier pour trouver le meilleur prix. Nous devons être encore plus scrupuleux pour un nouveau père.

— Oui, mais nous avons fini par acheter le vélo dans le premier magasin visité. Maman, M. Parker fera un papa parfait. Je l'aime beaucoup.

— Moi aussi, reconnut Dori. Cela ne veut pas dire que nous sommes prêts pour le mariage. Tu comprends ?

Danny arborait une mine maussade.

— Tu étais si jolie, hier soir.

— Merci.

— M. Parker a-t-il remarqué combien tu étais jolie ?

A dire vrai, Dori n'en savait rien. Gavin n'était guère du genre à se laisser impressionner par une robe ou un parfum.

— Veux-tu savoir ce que nous avons fait ?

Danny retrouva aussitôt son entrain. Il ne parut pas remarquer qu'elle n'avait pas répondu à sa question.

— Oui !

— D'abord, nous sommes allés manger des hamburgers et des frites.

— Oh là là !

— Mais il y a mieux ! Ensuite, nous avons assisté à un match de boxe à Tacoma. Si tu m'apportes mon sac, je te montrerai le programme.

Les yeux écarquillés d'excitation, Danny se précipita dans le salon pour prendre le sac à main. En revenant, il lança à sa mère un regard incertain.

— Maman, tu n'as pas dit à M. Parker que tu dormais parfois avec des chaussettes, n'est-ce pas ?

— Non, répondit Dori d'un air ulcéré. Nous n'avons pas abordé ce sujet.

— Bon ! souffla Danny avec un soulagement manifeste.

— Tu dois être prêt demain à neuf heures. Gavin désire t'emmener au match des Seahawks.

— Vraiment ? Pourrai-je rencontrer quelques joueurs ?

— Je ne sais pas, mais ne demande rien, ce serait impoli. D'accord ?

— D'accord, maman. C'est promis.

Le dimanche matin, Danny fut prêt bien longtemps avant l'arrivée de Gavin. Il ne tenait pas en place, guettant à la fenêtre du salon. Dès qu'il aperçut la voiture, il bondit jusqu'à la porte et dévala les escaliers. Dori resta sur le perron, les bras croisés frileusement pour se protéger du vent de novembre. Mélissa et Gavin sortirent de l'Audi. Les deux enfants se ruèrent au milieu de la pelouse, puis ils sautèrent, claquant leurs mains levées en geste de triomphe. Dori souriait devant ce joli manège.

— Qu'ont donc ces deux-là ? demanda Gavin qui s'approchait.

— Je crois qu'ils sont contents de... vous savez, notre accord.

— Ah oui.

Gavin semblait plutôt maussade. La bonne humeur de Dori sombra d'un coup. Déconcertée, elle le suivit dans la maison.

— Ecoutez, lança-t-elle, si cela vous ennuie trop, nous pouvons remettre à une autre fois.

Elle ne voulait pas que Gavin considère cette journée comme une corvée. Elle trouverait un moyen de consoler Danny. Elle pourrait par exemple emmener les deux enfants au cinéma, si Gavin avait besoin de solitude. Elle s'apprêtait à le lui proposer, quand Mélissa et Danny survinrent.

— Salut, monsieur Parker, jeta Danny avec entrain.

Je suis vraiment ravi d'aller au match avec vous. C'est la chose la plus merveilleuse qui me soit jamais arrivée !

— Salut, Danny ! répondit Gavin, l'air plus détendu.

— Maman nous a préparé un panier-repas.

— C'est très gentil à elle.

Gavin adressa un bref sourire à Dori. Pourtant elle ne fut pas dupe. Quelque chose le tracassait.

— C'est une merveilleuse cuisinière, reprit Danny. Sans doute l'une des meilleures cuisinières au monde.

— Danny ! soupira Dori excédée.

— Veux-tu un morceau de gâteau au chocolat ? proposa Danny à Mélissa. Maman l'a fait hier.

— Bien sûr !

Les deux enfants se dirigèrent vers la cuisine. Dori se tourna vers Gavin.

— Ecoutez, vous n'êtes pas obligé de faire cela. Je peux emmener Danny et Mélissa au cinéma ou ailleurs. Vous avez l'air épuisé.

— Je le suis.

Les mains dans les poches, il arpentait nerveusement la pièce.

— Qu'est-ce qui ne va pas ?

— Les femmes !

Un murmure filtrait de la cuisine. Dori reconnut la voix précipitée de Mélissa. Elle n'était sans doute pas étrangère à l'humeur taciturne de son père.

— Au pluriel ? lança Dori avec une grimace entendue en direction des enfants.

La voix de Mélissa retentit à cet instant. Elle sonnait faux.

— C'est le meilleur gâteau que j'aie jamais mangé !

Dori laissa échapper un petit rire.

— Ces deux-là ne pourraient pas avoir d'attitude plus claire, même s'ils le voulaient.

— Non, en effet, acquiesça Gavin en fronçant les sourcils. Mélissa et moi avons eu une discussion, hier soir. Elle ne m'a pas adressé la parole depuis. Si vous pouviez arranger les choses, j'en serais content.

— Bien sûr.

Gavin sombra dans un silence pensif. Il se pencha soudain pour caresser le lion empaillé.

— Vous ne voulez pas savoir pourquoi nous nous sommes querellés ?

— Je le sais déjà.

— Vraiment ?

Il se redressait, l'œil amusé.

— Oui.

— Très bien, madame Je-sais-tout. Alors dites-le-moi.

Dori s'approcha tranquillement de lui. Elle le regarda droit dans les yeux.

— La prochaine fois que vous sortirez avec une femme, tâchez d'être plus discret.

D'un geste adroit, elle enleva de l'épaule de Gavin un long cheveu blond.

5

— Ce n'était pas ma faute, dit Gavin d'un air offusqué. Lainey s'est présentée hier soir sans être invitée.

Dori fit une grimace expressive. C'était une attitude bien masculine, d'incriminer ainsi la femme. Cela durait depuis le commencement des temps, depuis qu'Adam avait reproché à Eve de l'avoir séduit pour s'emparer du fruit défendu.

— Sans être invitée, mais pas forcément importune, murmura-t-elle avec un sourire non dissimulé.

— Vous n'allez pas m'accabler vous aussi ! Je suis sans doute condamné à recevoir une leçon de morale.

Dori s'installa sur le canapé. Elle croisa les jambes avec une élégance nonchalante.

— Je n'ai aucun droit de vous sermonner. J'ai d'ailleurs une assez bonne idée de ce qui a pu se passer.

— Vraiment ?

— Oui ! Cette somptueuse blonde s'est présentée... avec deux billets pour quelque chose qu'elle vous savait désireux de voir.

— Pas des billets, mais... D'accord, vous avez raison. Cependant, je me suis absenté une heure seulement. Mélissa a agi comme si j'étais coupable d'adultère, ou pire encore. Etes-vous fâchée contre moi, vous aussi ?

— Non.

Elle était plutôt amusée. Gavin parut soulagé.

— Dieu merci ! Notre accord finirait par être aussi insupportable que le mariage.

— Mélissa vous a sûrement réprimandé bien mieux que je ne l'aurais fait.

— Cette enfant ressemble davantage à sa mère que je ne le supposais, reconnut-il avec un vague sourire.

— A propos, Gavin... la femme qui ne dit que des futilités... est-ce Lainey ?

— Oui, c'est elle.

— Vous aviez pourtant décidé de ne plus sortir avec elle !

Avec une certaine satisfaction, elle mettait ainsi sournoisement l'accent sur son inconstance.

— C'est exact, dit-il d'un ton froid.

— Alors, quelle importance ?

— Je savais bien que vous prendriez votre revanche d'une manière ou d'une autre.

Dori lui adressa un sourire malicieux. De toute évidence, Gavin était surtout en colère contre lui-même. Il n'appréciait pas d'être sensible au charme de Lainey. Et à dire vrai, Dori n'en était guère satisfaite non plus. Mais pour rien au monde elle ne l'aurait avoué.

— Ne vous inquiétez pas, tout est pardonné !

— Je n'ai pas demandé votre pardon, répliqua-t-il sèchement.

— Eh bien, je vous ai épargné cette peine !

— Je ne me souviens pas d'avoir vu Mélissa aussi furieuse, reprit-il avec une grimace.

— Je lui parlerai, soyez tranquille.

— Que direz-vous ?

— Je trouverai bien quelque chose.

— Je sais ce qui arrangerait tout.

— Quoi donc ?

Il s'approcha d'elle et jeta un coup d'œil dans la cuisine.

— Danny, es-tu prêt ?

Avant que Danny n'ait eu le temps de répondre, Gavin saisit Dori, la fit se lever, puis l'enlaça étroitement.

Danny entra alors dans le salon, suivi de Mélissa.

— Je suis prêt, monsieur Parker.

Sans laisser à Dori le loisir de protester, Gavin s'empara de sa bouche dans un baiser qui la fit chanceler. Eperdue, elle murmura son nom, puis noua ses bras autour de son cou. Quand enfin ils se séparèrent, elle se contenta de le regarder d'un air bouleversé.

— Danny et moi devrions être de retour vers cinq heures. Nous irons dîner ensuite, si vous voulez.

Dori inclina la tête en silence. S'il lui avait demandé de traverser toute nue la rivière à la nage, elle aurait accepté. Ses idées étaient embrouillées, ses sens engourdis.

— Bien.

Gavin lui déposa un dernier petit baiser au creux du cou. Elle aperçut en un éclair les sourires triomphants de Danny et Mélissa et réprima un gémissement de colère.

— A tout à l'heure, cinq heures, dit Gavin.

— Au revoir, maman !

— Au revoir, murmura-t-elle. Amusez-vous bien.

— Nous n'y manquerons pas, assura Gavin. Sois sage, Mélissa.

— D'accord, papa, lança celle-ci l'air béat.

Gavin adressa à Dori un clin d'œil effronté. Les parents aussi pouvaient user de subterfuges !

Aussitôt après leur départ, Mélissa s'installa sur le canapé, les bras croisés dans une attitude résolue.

— Papa vous a parlé d' « elle », n'est-ce pas ?

— Il m'a parlé de Lainey, si c'est ce que tu veux dire.

La fillette se pencha en avant, les coudes posés sur les genoux, la tête dans les mains.

— Et vous n'êtes pas furieuse ? Je pensais que vous le seriez, comme moi. Je ne savais pas papa aussi stupide. C'est une femme frivole, même moi je m'en rends compte. Elle s'est jetée à sa tête hier soir d'une manière écœurante !

Dori s'assit à côté de Mélissa et adopta la même position, coudes pliés sur les genoux.

— Ton papa est déjà très en colère contre lui-même. Il n'a pas besoin de nous pour cela.

— Mais, nous devrions être fâchées toutes les deux. Il n'aurait pas dû sortir avec elle. Pas maintenant qu'il vous connaît.

Dori mit son bras autour des épaules de Mélissa. Il lui fallait trouver les mots justes pour ne pas désorienter davantage la fillette.

— Ton père est très en colère contre lui-même, je t'assure. Il faut lui montrer que nous pouvons oublier ses faiblesses et... l'aimer malgré tout.

Dori comprit immédiatement sa maladresse.

— Vous aimez papa ? demanda Mélissa avec empressement.

— Eh bien, le mot est peut-être un peu trop fort...

— Moi, je le crois amoureux de vous. Il parle à peine de vous, c'est un signe infaillible.

Dori était sceptique. Gavin ne parlait pas d'elle parce qu'il ne pensait pas à elle. C'était d'ailleurs préférable. Inutile de se leurrer avec des émotions injustifiées. Gavin et elle avaient conclu un accord pour satisfaire aux exigences de leurs enfants, rien de plus.

— Alors, dit Dori, qu'aimerais-tu faire aujourd'hui ?

Elle ouvrit le journal du dimanche et se mit à le feuilleter distraitement. Mélissa s'adossa au canapé en haussant les épaules.

— Je ne sais pas... et vous ?

— Eh bien... je pourrais faire quelques achats, mais je ne voudrais pas t'ennuyer.

— Qu'allez-vous acheter ?

— J'aimerais un parfum. Tu m'aiderais à choisir celui qui plairait le plus à ton père.

— Oui, avec plaisir !

Deux heures plus tard, grâce à ce subtil stratagème, Mélissa possédait ses premiers produits de maquillage, une nouvelle robe et des chaussures. Dori n'avait pas eu trop de mal à convaincre la fillette.

Au retour, Mélissa essaya sa nouvelle tenue dans la chambre de Dori. Elle portait une ravissante robe à fleurs roses, ornée d'un col et de poignets de dentelle, et des chaussures blanches à lanières. Elle arborait aussi sa première paire de bas.

Elle déambula d'un air timide devant Dori, puis tendit la jambe.

— Les ai-je mis comme il faut ?

— C'est parfait ! Tu es si jolie, Mélissa !

— Vraiment ?

— Oui, vraiment !

La transformation était étonnante. A la place du garçon manqué turbulent, Dori découvrait une jeune fille gracieuse. Gavin aurait peine à reconnaître sa fille. Fière et émue, elle entraîna Mélissa devant le grand miroir.

— C'est très beau, murmura-t-elle d'une voix tremblante. Merci.

D'un geste impulsif, elle embrassa Dori, puis ajouta :

— Oh, j'aimerais tant que vous soyez ma mère ! Réellement !

Surprise de sa propre émotion, Dori lui rendit son baiser.

— J'aurais été très heureuse de t'avoir pour fille.

— Vous savez, j'ai d'abord réellement espéré voir mon père épouser Lainey. C'est dire à quel point je désire réellement sortir de cette école. Les religieuses sont réellement très gentilles, mais j'ai envie d'une famille, d'une vie normale, régulière. Réellement.

Dori dissimula un sourire. « Réellement » semblait être le mot favori de Mélissa.

— Mais à la réflexion, poursuivit la fillette, j'ai compris que Lainey me laisserait sans doute dans cette stupide école jusqu'à vingt-neuf ans. Elle ne souhaite pas m'avoir dans les parages. Si papa l'épouse, je ne sais pas ce que je ferai.

— Ton père n'a l'intention d'épouser personne, dit Dori. En tout cas pas quelqu'un qui ne te plaise pas.

— Je l'espère bien, s'exclama Mélissa. Savez-vous ce que j'aimerais faire ?

— Dis-moi, proposa Dori, prête à toutes les complaisances.

— Puis-je cuisiner ?

— Ce que tu veux.

L'arôme de la tarte aux pommes embaumait la maison quand Danny entra en trombe.

— Maman ! hurla-t-il, les Seahawks ont gagné par quatorze à sept !

Dori avait été trop occupée pour songer à allumer la télévision.

— T'es-tu bien amusé ?

— M. Parker m'a acheté un hot-dog, un soda, des cacahuètes !

— Et le déjeuner que j'avais préparé ? dit Dori avec un coup d'œil oblique vers la mine contrite de Gavin.

— Nous ne l'avons pas mangé. M. Parker trouve plus amusant de tout acheter au stade.

— Oh, vraiment ?

A cet instant, la porte de la chambre s'ouvrit. La voix de Mélissa se fit entendre.

— Puis-je sortir, maintenant ?

— Bonté divine, s'écria Dori, j'allais oublier. Asseyez-vous tous les deux. Nous avons une surprise pour vous.

A son signal, la porte s'ouvrit en grand. Mélissa apparut dans le vestibule. D'une démarche assurée, elle entra dans le salon puis fit virevolter sa robe avec grâce. Elle s'inclina dans une charmante révérence et contempla ses spectateurs d'un air satisfait, prête à recevoir leurs louanges.

— Tu as l'air d'une fille, marmonna Danny sans aucun enthousiasme. Mais tu es très jolie, ajouta-t-il vivement.

Les yeux de Gavin étincelaient d'orgueil. Son visage, si souvent sévère, semblait ému.

— Ce ne peut pas être Mélissa Jane Parker, ma fille !

— Réellement, papa, qui cela pourrait-il être ? lança Mélissa en pouffant de joie.

— J'ignore qui porte cette robe, répliqua Gavin d'un ton.pensif, mais j'ai peine à croire que je suis le père d'une aussi jolie fille.

— Je t'ai préparé une autre surprise, ajouta Mélissa. Quelque chose à manger.

Elle le saisit par la main pour l'entraîner vers la cuisine.

— Dori m'a aidée.

— Très peu, affirma celle-ci. Elle a fait la majeure partie du travail toute seule.

Le regard éberlué de Gavin se posa sur le chef-d'œuvre en train de refroidir sur le comptoir.

— Une tarte !

— Aux pommes, précisa Mélissa avec fierté. Ta préférée.

Plus tard dans la soirée, Dori, allongée sur son lit, rêvassait les yeux dans le vague. La journée avait été merveilleuse. Elle avait éprouvé un immense plaisir à faire du shopping avec Mélissa, à partager ses enthousiasmes, ses élans de coquetterie. Elle songeait à l'enfant perdu à la mort de Brad ; elle aurait tant souhaité avoir une fille. Elle adorait Danny, mais il resterait toujours indifférent à ce genre de distractions. Mélissa avait apprécié autant qu'elle.

La journée de Danny avait été tout aussi réussie. Il n'avait cessé de parler du match durant toute la soirée. C'était l'événement de sa vie. Comme Mélissa, il rayonnait de joie. Il était difficile de mettre en doute la sincérité des deux enfants. En dépit de ses hésitations au sujet de l'accord conclu avec Gavin, Dori devait avouer qu'il faisait aujourd'hui le bonheur de chacun.

Le lendemain matin, à son arrivée au bureau, Dori surprit le regard pensif de Sandy posé sur elle avec une curieuse attention.

— Qu'y a-t-il ?

— Tu as quelque chose de changé, répondit son amie. Tu es sortie avec ton champion de football vendredi soir, n'est-ce pas ?

— Oui, acquiesça Dori en souriant. Nous avons assisté à un match de boxe, si tu veux le savoir.

— Je ne le crois pas.

— Tu as tort ! C'est la pure vérité. Mais il m'a d'abord offert un somptueux repas de hamburgers, de frites et de lait.

— Et il est encore en vie ?

— Oui, murmura Dori.

— A en juger par ton regard rêveur, j'en conclus que tu as passé un excellent moment.

Dori tressaillit et s'empare de son stylo d'un geste nerveux.

— Sûrement pas ! Je plaisantais, voilà tout !

— A ton aise ! Mais perdue comme tu l'es dans les nuages, regarde bien où tu mets les pieds !

Vers onze heures, le téléphone sonna. Sandy étant occupée, Dori décrocha machinalement et annonça le nom de la compagnie d'assurances.

— Dori ?

— Gavin ? répondit-elle le cœur battant.

— A quelle heure êtes-vous libre pour déjeuner ? demanda-t-il sans préambule.

— Dans peu de temps. Quelque chose ne va pas ? ajouta-t-elle, intriguée par le ton de sa voix.

— Non, pas vraiment. Mais je pense que nous avons à parler.

Ils se fixèrent rendez-vous dans un sympathique restaurant près du lac de l'Union. Gavin était déjà installé à une table lorsque Dori arriva.

— C'est une agréable surprise, dit-elle en s'asseyant.

— Oui, je n'ai pourtant pas l'habitude de ce genre de pause-déjeuner.

Gavin avait l'art de la déconcerter. Chaque fois qu'elle avait l'impression de le comprendre, il se comportait de manière inattendue. C'était probablement ce qui allait se passer aujourd'hui. Elle s'arma de courage, luttant contre une soudaine appréhension. Pour se donner une contenance, elle prit le menu et le parcourut d'un œil distrait.

— Mélissa s'est bien amusée, hier, lança-t-il brusquement.

— Je l'ai beaucoup appréciée. C'est une enfant adorable, Gavin.

— Une fois la liste de vos qualités épuisée, Danny et moi avons aussi passé un très bon moment.

Dori laissa échapper un petit soupir. Danny avait du assommer Gavin avec ses discours flatteurs sur sa mère. Elle se promit de lui en dire un mot.

— En effet, Danny était ravi. Mais il y a un problème, n'est-ce pas ? souffla-t-elle avec une douceur délibérée.

— Oui. Vous avez peut-être exagéré un peu dans ce rôle de mère, non ? Mélissa m'a rendu fou, hier soir. D'abord Danny, ensuite ma propre fille !

Dori se sentit submergée de colère, elle dut se retenir pour ne pas partir aussitôt. Ainsi, selon l'esprit tortueux de Gavin, elle aurait forcé la note pour convaincre Mélissa de ses talents de mère et d'épouse. C'était d'un cynisme révoltant !

— Vous savez, j'ai eu la même pensée, lança-t-elle, étonnée de son propre calme. Plus je réfléchis, plus j'estime que notre petite machination fonctionne trop bien. Si vous êtes las d'écouter chanter mes louanges, alors vous allez entendre mes récriminations.

— Oui, j'imagine...

— C'est exactement votre problème, Gavin Parker, coupa-t-elle d'un ton sec. Vous avez un esprit si malveillant que vous ne savez plus reconnaître la sincérité. J'en suis désolée pour vous. Mélissa a réagi parce que cette enfant déborde d'un amour dont personne ne veut. Vous avez si peur de montrer vos émotions que vous êtes devenu dur comme la pierre.

— Et vous pensez être la femme capable de m'aider à me libérer ?

— Pour le bonheur de Mélissa, riposta Dori, ignorant le sarcasme, j'espère que vous trouverez bientôt ce que vous cherchez. Quant à moi, j'abandonne !

Elle devait se retirer avant de s'attacher trop à Mélissa, avant que toutes deux ne souffrent de la rupture. Et surtout avant de commettre l'erreur fatale d'aimer Gavin.

— Est-ce à dire que vous désirez annuler notre accord ? dit-il d'un ton glacial.

Dori posa calmement sa serviette et se leva.

— Les hommes sont vraiment merveilleux, murmura-t-elle avec ironie. Ce fut un plaisir de vous rencontrer, Gavin Parker. Vous avez une fille délicieuse. Et merci d'avoir donné à Danny la joie de sa vie.

— Que faites-vous ? Asseyez-vous et discutons comme des adultes.

Dori affronta sans ciller son regard furieux. Elle avait envie de pleurer. Elle secoua la tête d'un air résolu.

— Je suis désolée, Gavin, vraiment désolée. Même

un accord fictif ne peut marcher entre nous. Nous sommes trop différents.

— Nous ne sommes pas différents du tout ! protesta-t-il.

Il s'interrompit pour foudroyer du regard les gens dont l'attention était attirée par ses éclats de voix.

— Prenez garde, Gavin, railla Dori, quelqu'un pourrait penser que vous allez un peu trop...

— La mère de Mélissa m'a téléphoné ce matin, annonça-t-il à brûle-pourpoint.

Dori remarqua pour la première fois à quel point il semblait soucieux et bouleversé.

— Comment ?

Elle s'assit de nouveau, le cœur battant, les yeux grandis d'appréhension.

— Notre conversation a été très désagréable. J'ai besoin de parler à quelqu'un. Excusez-moi de vous avoir agressée de cette manière.

Ainsi Gavin cherchait un confident, songea Dori. Cela ne l'avait pas empêché de gâcher leur déjeuner.

— Que s'est-il passé ?

— Le scénario habituel. Deirdre vit à New York. Elle est en train de divorcer pour la troisième ou quatrième fois, j'ai oublié. Elle souhaite que Mélissa vienne vivre avec elle.

Dori laissa échapper un soupir bouleversé. Elle ignorait tout de cette femme. Jusqu'à ce jour elle ne connaissait même pas son nom. Elle avait simplement deviné le chagrin enduré par Gavin.

— A-t-elle une chance d'obtenir gain de cause ?

— Sûrement pas, répondit Gavin avec un rire amer. Mais cela ne l'empêchera pas d'essayer. Elle fait cela à chacun de ses divorces. Prise d'un accès subit de culpabilité, elle a envie de jouer à la maman pendant quelque temps.

— Quels sont les sentiments de Mélissa à son égard ? Voit-elle toujours sa mère ?

Elle n'avait pas l'intention d'être indiscrète. Mais la pensée de cette fillette contrainte à supporter cette pénible situation lui déchirait le cœur.

— Mélissa passe un mois avec elle chaque été. L'année dernière, elle m'a téléphoné trois jours après son arrivée pour me supplier de la laisser rentrer à la maison. A cette époque, Deirdre n'était pas mécontente d'être débarrassée d'elle. J'ignore ce qui s'est passé, mais Mélissa m'a fait promettre de ne plus l'envoyer seule là-bas.

— Je comprends que vous soyez bouleversé, cependant les tribunaux n'écouteront pas...

— Je sais, coupa brusquement Gavin. J'ai simplement besoin de me confier, de me soulager de ma colère et de mes déceptions. Mélissa et moi avons déjà surmonté ce genre de difficultés. Nous pouvons affronter les derniers caprices de Deirdre. Je vous dois des excuses pour la manière dont je me suis comporté tout à l'heure, ajouta-t-il en effleurant sa main.

— C'est oublié.

Elle n'oublierait cependant pas qu'il avait cherché son aide. D'une certaine façon, elle avait réussi à atteindre Gavin Parker. Ils étaient désormais sur un terrain dangereux. Le jeu devenait plus sérieux à chacune de leurs rencontres. Ils avaient de plus en plus de mal à rester indifférents. Dori pensait beaucoup à Gavin, échaufaudait malgré elle des projets. Leurs relations n'évoluaient pas comme prévu.

— Vous m'avez parlé de Brad. Je trouve juste de vous parler de Deirdre.

Cette déclaration fit très plaisir à Dori. En réalité, elle n'avait guère envie d'apprendre les péripéties de son mariage raté. Mais c'était là une émouvante marque de confiance.

— Ce n'est pas une obligation, murmura-t-elle.

— Je tiens à vous expliquer. Je ne sais même pas par où commencer. Nous nous sommes mariés jeunes, trop jeunes, je suppose. Nous étions en dernière année de collège. Les professionnels me sollicitaient déjà. J'ai fréquenté Deirdre, mais comme beaucoup d'autres. Elle venait d'une famille riche. Son père était un homme formidable, il la gâtait un peu trop, mais il l'adorait. Quand elle m'a annoncé qu'elle était enceinte de moi, j'ai offert de l'épouser. Dans le cas contraire, elle n'aurait sans doute pas gardé l'enfant. Je me suis marié plein d'espoir. J'étais même content d'avoir un bébé. Preuve de ma virilité, et autres sottises !

Il fixait la nappe avec obstination. Dori se rendait compte à quel point ces confidences devaient lui être pénibles. Elle faillit l'interrompre. Mais il avait probablement besoin de parler pour se libérer.

— Notre mariage a été désastreux dès le premier jour, reprit-il. Deirdre détestait être enceinte, je crois même qu'elle me détestait. Elle a rejeté Mélissa dès sa naissance. Elle l'a confiée à une nourrice et, au fil des semaines, elle sacrifiait à quelques visites. Inutile d'entrer davantage dans les détails.

Dori était abasourdie. Elle ne pouvait imaginer une femme capable d'abandonner son enfant pour satisfaire ses plaisirs égoïstes.

— J'ai tout tenté pour sauver notre mariage. Moins pour Deirdre que pour son père J'aimais beaucoup cet homme. A sa mort, je n'ai pas pu feindre plus longtemps. Elle n'a pas voulu de la garde de Mélissa à ce moment-là, et je ne suis pas disposé à lui laisser ma fille maintenant.

— Il y a longtemps de cela ?

— Mélissa avait trois ans quand nous avons divorcé.

Trois ans ! La fillette n'avait jamais connu l'amour d'une mère. Dori en avait le cœur serré.

— Je voulais que vous sachiez, conclut-il.

— Merci de me l'avoir dit.

Gavin était venu à elle avec ses doutes et ses

angoisses, malgré ses hésitations. Dori était convaincue que ce serait salutaire pour eux.

Dori rencontra Gavin deux fois au cours de cette même semaine. Ils allèrent au cinéma le mercredi soir et échangèrent des propos détendus. Gavin semblait soulagé de s'être confié. Il lui téléphona au bureau le vendredi, et ils se retrouvèrent pour déjeuner. Gavin annonça son départ en reportage pour le week-end.

Le lundi matin, Dori eut du mal à se concentrer sur son travail. Elle était préoccupée par ses relations avec Gavin. Aucun homme ne l'avait attirée à ce point depuis des années. En dépit des affirmations de Gavin, ils allaient sans doute au-devant de gros problèmes.

Après son travail, elle passa prendre Danny au stade de football. Elle regardait jouer son fils quand un homme grand et mince l'interpella.

— Vous êtes bien la mère de Danny ?

Elle reconnut le père de Jon Schaeffer, un ami de Danny. Elle avait appris la séparation des parents de Jon.

— Oui, et vous êtes le père de Jon ?

— Exact. Danny est un bon joueur.

— Merci, Jon aussi.

— Oui, je suis très fier de lui.

La conversation était un peu guindée. Dori se sentait mal à l'aise.

— J'espère ne pas être effronté, mais puis-je vous demander si vous avez passé une annonce dans le journal ?

— Eh bien, en réalité, répondit Dori en rougissant, Danny l'a fait.

Il éclata de rire et lui tendit la main.

— Je m'en doutais ! Je m'appelle Tom.

— Dori, dit-elle d'un air embarrassé.

— J'ai lu l'annonce et j'ai pensé appeler. Je me sentais si seul. Paula et moi sommes, hélas, séparés.

— Comment avez-vous su que ce numéro était le mien ?

— Je l'ignorais. Je l'ai noté sur un papier près du téléphone. Jon l'a vu, il a reconnu le numéro de Danny.

— Oh ! J'ai changé de numéro depuis lors.

— Jon me l'a dit. Ainsi, c'est Danny qui a passé l'annonce ?

— De sa propre initiative ! J'ai regretté pour la première fois d'être mère !

— Avez-vous reçu beaucoup d'appels ?

— Vous ne pouvez pas imaginer le nombre de coups de téléphone ce soir-là.

— Cela ne m'étonne pas... Etes-vous séparée de votre mari ? lança-t-il brusquement.

— Non, je suis veuve.

— Oh, excusez-moi ! Je ne voulais pas être indiscret.

— Ce n'est pas grave, affirma gentiment Dori.

Tom avait l'air d'un brave homme, un peu rude peut-être. Dori le soupçonnait d'être encore amoureux de sa femme. Elle souhaita que tout s'arrange pour lui.

— Jon et Danny sont bons amis, n'est-ce pas ?

— Ils se voient assez souvent, répondit-elle surprise.

— Cela vous ennuierait-il s'ils se voyaient davantage ?

— C'est-à-dire ?

— J'aimerais vous inviter à dîner, Danny et vous.

Il semblait aussi maladroit qu'un adolescent à son premier rendez-vous. Dori eut tout d'abord envie de refuser poliment. Elle ne voulait en aucune manière intervenir entre Tom et sa femme. Toutefois, elle avait besoin de clarifier ses sentiments à l'égard de Gavin. Cela l'aiderait sûrement de fréquenter quelqu'un d'autre.

— Avec grand plaisir, merci.

Il lui adressa un sourire rayonnant.

— Tout le plaisir sera pour moi.

6

— Maman ! dit Danny d'un ton implorant.

Il la suivit jusqu'à la salle de bains, en proie à une violente agitation.

— Quoi ? demanda Dori excédée.

Elle se chamaillait avec Danny depuis qu'elle lui avait annoncé son rendez-vous de ce soir-là avec Tom Schaeffer.

— M. Parker pourrait téléphoner.

— Je sais, mais c'est peu probable.

Gavin n'avait donné aucune nouvelle depuis leur dernier déjeuner ensemble. Elle n'avait pas l'intention de se cloîtrer pour attendre ses appels. Elle jeta un coup d'œil hésitant à la mine maussade de son fils.

— S'il appelle, dis-lui que je suis sortie pour la soirée. Je le rappellerai à mon retour.

— Maman, je croyais que M. Parker et toi étiez bons amis... vraiment bons amis. Tu l'as même embrassé !

— Nous sommes amis, répliqua-t-elle d'un air désinvolte en s'examinant dans le miroir.

— Maman, insista Danny, je n'aime pas cela. Et M. Parker n'aimera pas cela non plus, je pense.

— Cela lui sera égal, affirma-t-elle avec une feinte assurance.

En réalité, Danny la soupçonnait d'avoir un rendez-vous amoureux. Ce n'était pas du tout le cas. Tom l'avait invitée après leur dîner avec les garçons. Elle avait accepté par gentillesse. Il était très seul, et encore amoureux de sa femme. Elle n'aurait pu choisir un ami plus sûr. Mais Danny ne pouvait pas comprendre. Elle n'essaya d'ailleurs pas de lui expliquer.

— Si tu es l'amie de M. Parker, pourquoi te parfumes-tu pour le père de Jon ? lança-t-il.

— Les mamans font parfois cela sans raison particulière.

— Mais ce soir, c'est particulier. Tu sors avec M. Schaeffer.

Dori posa les mains sur les épaules de son fils. Il avait les traits tirés et le regard grave.

— Tu n'aimes pas M. Schaeffer ?

— Il est très bien, je suppose.

— Tu as pourtant passé un moment agréable, quand nous sommes sortis avec lui lundi soir.

— C'était différent. Jon et moi étions avec vous.

Dori savait qu'en outre Danny était mécontent d'être confié pour la soirée à une collégienne du voisinage. Il se trouvait à un âge difficile : trop jeune pour rester seul, surtout le soir, trop grand pour ne pas s'offenser d'être gardé.

— Je rentrerai tôt, promit-elle. Probablement avant que tu ne sois au lit.

— Mais pourquoi y vas-tu, maman ? jeta-t-il avec impatience. Je ne comprends pas !

Dori ne pouvait guère expliquer ce qu'elle ne percevait pas très clairement. Ses sentiments envers Gavin continuaient de la tourmenter. A chacune de leurs rencontres, ils devenaient plus profonds. Or elle connaissait d'avance la réaction de Gavin si elle lui avouait son attachement. Dans son refus de tout lien sérieux, il la rejetterait sans hésiter. Bien sûr, elle pourrait s'accrocher à lui quelque temps, comme Lainey avait tenté de le faire. Mais Gavin n'était pas homme à se laisser abuser facilement, et Dori n'était pas stupide. Tom avait un côté rassurant ; avec lui, elle ne courait aucun danger de tomber amoureuse, ni de souffrir.

La sonnette de la porte retentit, et la jeune voisine entra, les bras chargés de livres.

— Bonjour, madame.

— Salut Jody.

Du coin de l'œil Dori aperçut Danny vautré devant la télévision. Elle ignora son air maussade et donna ses instructions à la jeune fille.

— Le numéro de téléphone du restaurant se trouve dans l'annuaire. Je serai de retour vers vingt et une heures trente, au plus tard vingt-deux heures.

La sonnette retentit de nouveau. Danny se leva pour ouvrir à Tom, qui adressa à Dori un sourire admiratif.

— Sois sage, murmura-t-elle en embrassant Danny.

— D'accord, dit-il avec un soupir à fendre l'âme, mais je t'attendrai.

Il leva sur sa mère un regard éperdu de chiot abandonné. Mieux valait pour Dori s'esquiver avant de s'attendrir.

— Nous parlerons à mon retour, promit-elle.

— Y a-t-il un problème avec Danny ? demanda Tom comme ils quittaient la maison.

Dori jeta derrière elle un coup d'œil soucieux. Elle se sentait à la fois coupable et déprimée. Elle comprenait maintenant ce que Mélissa avait fait subir à Gavin lors de sa sortie avec Lainey. Ce désaveu de la part des enfants était aussi inattendu que pénible.

— Danny est contrarié d'être confié à une baby-sitter, répondit-elle simplement.

Ce début de soirée était de mauvaise augure. Après un dîner tranquille, ils bavardèrent devant une tasse de café, mais la conversation traînait en longueur. A partir de vingt et une heures, Dori dut se maîtriser pour ne pas regarder sa montre toutes les cinq minutes.

Sur le chemin du retour, elle se sentit obligée de s'excuser.

— Je suis réellement désolée...

Elle se souvint tout à coup de la manie qu'avait Mélissa d'employer sans cesse ce mot. Elle se mit à rire. Tom la regarda d'un air ahuri.

— Qu'y a-t-il de si amusant ?

— C'est une longue histoire. La fille d'un de mes amis ponctue chacune de ses phrases par « réellement ». Je me suis surprise à le dire à l'instant et...

— Vous paraissiez si brusquement réjouie.

— C'est vrai.

Elle souriait encore quand Tom tourna à l'angle de sa rue. Mais sa gaieté s'évanouit et son visage se crispa quand elle aperçut une voiture garée devant chez elle. C'était celle de Gavin. Elle pouvait s'attendre au pire.

Dori remercia Tom pour le dîner et s'excusa avec tact de ne pas l'inviter à prendre un café. Puis elle entra bravement.

— Hello, Gavin ! lança-t-elle d'un ton allègre. Quelle agréable surprise !

— Bonsoir, Dori, répondit-il d'une voix contenue. Avez-vous passé une bonne soirée ?

— Merveilleuse ! Nous sommes allés dans un restaurant grec. Je ne savais que choisir. Tout était délicieux !

Dori avait la gorge serrée. Elle détestait mentir ainsi comme une écolière prise en faute.

— Je crois que je vais me coucher, maintenant, dit Danny avec un large bâillement. Il est l'heure.

— Pas si vite, jeune homme ! jeta Dori.

Son fils n'était sans doute pas étranger à la présence inattendue de Gavin. Il pouvait au moins avoir la délicatesse de s'expliquer. Danny rougit, les yeux fixés sur le tapis.

— Tu as quelque chose à me dire ? demanda-t-il.

— Non. Je te parlerai demain matin.

Danny avait sans doute téléphoné à Gavin. A la réflexion, elle réglerait cela plus tard, en tête à tête.

— Bonne nuit, monsieur Parker.

Le gamin s'esquiva sans demander son reste et sans non plus embrasser sa mère. Songeuse, Dori s'attarda à ranger son manteau dans le placard du vestibule, le temps de se redonner une contenance. Quand elle se résolut enfin à affronter Gavin, elle remarqua aussitôt son sourire ironique.

— N'ayez pas l'air si coupable ! lança-t-il sur un ton de défi.

Les joues de Dori s'enflammèrent. Elle fixa sur lui un regard étincelant.

— Je ne me sens pas coupable le moins du monde !

Elle se dirigea vers la cuisine pour préparer du café. Gavin la suivit et elle sortit machinalement deux tasses. Puis elle se tourna vers lui.

— Que se passe-t-il ? Danny vous a téléphoné ?

— Nous avons conclu un accord, je crois ? répliqua-t-il d'une voix dure.

— C'est exact.

— Alors que faisiez-vous avec un autre homme, marié de surcroît ?

— Ainsi Danny vous a parlé de lui ? Tom et sa femme sont séparés. Et nous ne nous tenions pas par la main ! Bonté divine, vous êtes sorti avec Lainey. Je ne vois pas la différence !

— Moi, du moins, je me sentais coupable.

— Eh bien, moi aussi ! Etes-vous satisfait ?

— Oui ! s'écria-t-il.

Dori tremblait de colère en versant le café. Elle était lasse de jouer au chat et à la souris.

— Allons-nous nous disputer pour cela ?

— Cela dépend... si vous avez ou non l'intention de le revoir.

Il gardait un visage impassible, comme si la question était dénuée d'importance. Dori admirait son sang-froid. Il la défiait simplement de répondre par l'affirmative.

— Je ne sais pas, murmura-t-elle. Est-ce important ?

— Cela pourrait l'être. Je n'apprécierais guère que votre fils m'appelle de nouveau pour me demander d'intervenir rapidement.

— Croyez-moi, cela n'arrivera plus, affirma Dori. Elle était furieuse contre Danny et encore plus contre elle-même. Elle aurait dû prévoir la réaction de son fils et prendre des mesures avant de sortir.

— Ainsi, vous vous sentez coupable, railla Gavin.

— Cela ne me plaît pas plus qu'à vous, soupira-t-elle. Cette histoire devient sérieuse, Gavin. Si nous n'y prenons garde, nous allons nous retrouver mariés par ces deux gosses.

— Ne vous tourmentez pas pour cela.

— Bien sûr ! Vous êtes prêt à tout assumer, n'est-ce pas ? Mélissa vous a mené la vie dure à cause de Lainey. Danny m'a fait la même chose à cause de Tom. Nous devrions mettre fin à cet accord avec élégance pendant que nous le pouvons.

En réalité, Dori espérait le voir refuser. Elle avait besoin de savoir si l'attirance était réciproque.

— Vous le souhaitez vraiment ?

Il avait l'art de renverser les rôles. Dori laissa échapper un soupir d'exaspération.

— Non, hélas, je ne le souhaite pas. Malgré vos manières arrogantes, je vous aime bien, Parker. Et cela m'inquiète.

— N'en soyez pas si bouleversée. Je suis un homme merveilleux. Demandez donc à Danny ! Evidemment, si vous êtes sensible à mon charme, nous risquons d'avoir quelques problèmes.

— N'ayez aucune crainte, dit-elle avec ironie, je ne suis pas encore ensorcelée.

— C'est préférable. Ne tombez pas amoureuse de moi, Dori, déclara-t-il d'un air grave. Je finirais par vous blesser.

Dori se sentit frémir. Il avait raison. Malheureusement, elle se savait déjà sur la pente dangereuse.

— Vous déformez un peu les choses, riposta-t-elle. En réalité, je m'inquiète pour vous. Je ne suis pas votre genre de femme habituel. C'est vous qui pourriez tomber amoureux.

— Aucun danger ! J'ai déjà capitulé une fois devant une femme, je ne suis pas prêt à recommencer.

Dori se retint de protester devant une telle conception de l'amour. Aucune femme digne de ce nom ne pouvait souhaiter voir un homme capituler. Elle lui vouait au contraire sa tendresse et son estime.

— Il y a un autre problème dont nous devons discuter, reprit-il. Mélissa et moi allons à San Francisco pour le week-end de *Thanksgiving*. Je dois commenter le match des Forty-niners le samedi. Mélissa désire que vous nous accompagniez, Danny et vous.

— Pourquoi ? Ce pourrait être un moment privilégié entre vous deux.

— Malheureusement, Mélissa ne voit pas les choses de cette façon. Je ne veux pas qu'elle assiste seule au match, donc je devrais la laisser à l'hôtel pendant le reportage. Cela ne l'enchante pas, et elle a réussi à me culpabiliser.

— Je ne sais pas, Gavin, répondit Dori d'un ton réservé.

Elle avait prévu de passer les congés avec ses parents. Mais elle était tentée. Elle avait visité San Francisco dans son enfance et avait toujours désiré y retourner. De plus, elle n'avait pas pris de vacances depuis des années.

— Cela peut même être salutaire, insista Gavin. Les enfants ont des chances de se lasser l'un de l'autre après deux ou trois jours passés ensemble. Qu'en pensez-vous ?

— Laissez-moi... laissez-moi y réfléchir.

— Très bien.

— Avez-vous des nouvelles de Deirdre ? demanda-t-elle.

— Non et je n'en aurai pas.
— Comment pouvez-vous en être aussi sûr ?
— J'ai mes méthodes.
Dori fut saisie par la simplicité de cette déclaration. Gavin connaissait manifestement les faiblesses de son ex-femme et savait comment l'atteindre.
— Rien au monde ne m'obligera à confier ma fille à cette sorcière, ajouta-t-il avec un regard dur.
— Si je peux vous être utile... dit-elle à tout hasard.
— A dire vrai, vous pouvez, répondit-il à sa grande surprise. Je commente un match à Kansas City samedi prochain. Mélissa devra donc rester à l'école pendant le week-end. Elle déteste cela.
— Elle pourrait le passer avec nous, offrit aussitôt Dori. Ce serait un plaisir.
— J'envisageais plutôt un après-midi, dit Gavin avec réticence. Inutile pour vous d'entendre vanter mes qualités plus longtemps !
— Laissez-la tout le week-end, implora Dori. Vous souhaitez bien que les enfants se lassent, n'est-ce pas ?

Gavin ne s'était pas trompé. Dès l'instant où Dori sortit Mélissa de son pensionnat, elle dut subir l'incessant bavardage de la fillette qui s'acharnait à énumérer les mérites de son père.
— Savez-vous que papa a une pièce remplie de ses trophées gagnés en compétition ?
— Oh là là ! s'écria Danny. Tu te souviens de notre liste, maman ? Je trouve important que mon nouveau papa soit sportif.
— Qu'y avait-il d'autre sur cette liste ? demanda Mélissa.
Danny lui fournit tous les détails nécessaires. La fillette acquiesça, présentant Gavin comme le père et le mari idéal. Elle évita toutefois de faire allusion à la dernière clause, qui stipulait que le nouveau père de

Danny devait aimer Dori. Cela lui semblait sans doute excessif. Dori lui fut reconnaissante de son honnêteté.

Amusée, elle les écouta poursuivre leur babillage. Elle songerait plus tard à leur donner une petite leçon de subtilité. A un moment, elle crut entendre prononcer le nom de Tom, mais elle ne dit rien. Elle n'envisageait pas de le revoir, cela compliquait trop la situation. Elle lui souhaitait simplement de se réconcilier avec la femme qu'il aimait.

Après une expédition dans les magasins, tous trois assistèrent au match de Danny. Il marqua deux buts, à la grande joie de Mélissa, et fut acclamé comme un héros à sa sortie du stade. De retour à la maison, les deux enfants s'installèrent devant la télévision, tandis que Dori préparait des pop-corn.

Le téléphone sonna juste après le dîner. Danny et Mélissa jouaient dans le salon, Dori alla décrocher.

— Dori ? C'est Gavin. Comment cela se passe-t-il ?

— Très bien, répondit-elle d'une voix un peu émue. Ils ont eu leur première dispute, mais ils se sont bien vite réconciliés.

— Et pourquoi cette dispute ?

— Mélissa voulait se maquiller ; Danny déteste la voir se comporter comme une vraie fille.

— Lui avez-vous dit qu'un jour il apprécierait les filles ?

— Non, il ne m'aurait pas crue.

— Je le lui dirai, moi, il me croira.

C'était sans doute vrai. Danny avait tendance à idéaliser Gavin. Un jour viendrait pourtant où l'idole tomberait de son piédestal. Dori espérait ne pas voir souffrir son fils à ce moment-là... Elle était troublée d'entendre la voix de Gavin. Il n'était heureusement pas en mesure de le constater.

— Vous amusez-vous bien avec vos vieux amis ? lança-t-elle d'un ton désinvolte.

— Vous ne craignez pas qu'il y ait une femme près de moi ? répliqua-t-il en riant.

— Pas du tout ! Vous n'auriez pas téléphoné dans ce cas.

— Vous êtes un peu trop maligne ! Viendrez-vous à San Francisco ? ajouta-t-il après un bref silence.

— Oui.

— Bien !

Bouleversée par la tendresse qu'elle croyait déceler dans ce simple mot, Dori coupa court.

— J'appelle Mélissa.

La fillette raconta par le menu les activités de la journée, puis Danny fit part de ses succès au football. Dori reprit ensuite l'appareil.

— Vous ont-ils bien tout dit ? plaisanta-t-elle.

— Oh, oui ! A propos, je pourrai peut-être prendre un avion assez tôt dimanche, après le match.

— Voulez-vous que nous venions vous chercher à l'aéroport ?

— Si vous le pouvez.

Le lendemain après-midi, tous trois étaient installés dans la salle d'attente de l'aéroport. Dori était nerveuse. Elle avait perdu un temps fou à choisir sa tenue, anxieuse comme une adolescente.

— Voilà l'avion de papa ! s'exclama soudain Mélissa.

Ils se dirigèrent vers la porte d'arrivée. Debout entre les deux enfants, Dori arborait un sourire un peu crispé. Gavin fut le troisième passager à sortir de l'avion. Mélissa courut au-devant de son père pour l'embrasser, suivie de Danny qui tendit poliment la main. Réprimant tout élan, Dori se contenta de saluer Gavin gentiment. Les traits tirés, il semblait épuisé. Il lui adressa néanmoins un sourire chaleureux.

— Tu avais dit qu'il l'embrasserait, murmura Danny.

— Il y a trop de monde, sans doute, répliqua Mélissa.

— Mieux vaudrait ne pas les décevoir, chuchota Gavin à l'intention de Dori. Sinon, nous risquons d'en entendre parler toute la soirée.

Il l'attira à lui et prit doucement sa bouche. D'instinct, elle noua ses bras autour de son cou, répondant avec ferveur à son baiser. Elle avait l'impression étrange de rentrer à la maison après une longue absence. Jamais il ne l'avait embrassée avec une telle fougue.

— Ce baiser mérite un dix, souffla-t-il en relâchant son étreinte.

— Un neuf, riposta-t-elle d'une voix mal assurée. Quand nous atteindrons dix, nous aurons des problèmes.

— Surtout si nous nous trouvons dans un aéroport! railla-t-il. Vous êtes contents, les enfants?

— Dori a mis un rôti au four, au cas où tu aurais faim, annonça Mélissa. Je lui ai dit que tu avais toujours faim en rentrant et que tu détestais la nourriture des avions.

— Si ton père est fatigué, Mélissa, intervint Dori, je vous inviterai tous les deux à dîner une autre fois.

— Je vous remercie de cette pensée. J'ai vraiment été sur la brèche pendant les trente dernières heures.

Dori esquissa un petit sourire involontaire. Elle n'avait pas été mariée durant tant d'années sans avoir une idée des activités d'un homme loin de chez lui. L'œil sombre, Gavin semblait attendre une remarque ironique.

— Sans commentaire?

— Sans commentaire, répondit-elle avec entrain.

— Vous ne vous êtes pas souciée de savoir avec qui j'étais?

— Mais je le sais, du moins je crois.

— Vous le croyez? lança-t-il incrédule.

— Eh bien, j'ai une petite idée de ce que vous avez dû affronter.

— Voilà, j'ai fini par l'entendre. Alors ?

Danny et Mélissa affichaient des mines désappointées. Tous deux soupçonnaient sans doute Gavin d'avoir été en compagnie d'une autre femme et s'étonnaient du manque de jalousie de Dori. Quant à elle, elle en doutait. Il n'aurait pas autant insisté sur le sujet dans ce cas, surtout pas devant les enfants.

— Je suppose que vous étiez avec quelques amis, occupé à boire de la bière en jouant au poker.

— Exactement, admit Gavin avec une expression déconcertée.

— Réfléchissez, Gavin. J'aurai trente ans dans deux mois, j'ai été mariée. J'ai une certaine expérience du comportement masculin.

— Et tous les hommes se ressemblent, n'est-ce pas ?

— Non, mais je commence à vous connaître. Quand vous cesserez de me demander si je m'intéresse à vos fréquentations, alors je m'inquiéterai.

— Vous vous croyez perspicace ?

— Non, répliqua-t-elle. Je comprends les hommes. Ce sont les enfants qui me déconcertent.

Ils traversaient le long hall de l'aéroport. Gavin la tenait toujours serrée contre lui, tandis que les enfants gambadaient devant.

— Vous ont-ils importunée pendant le week-end ?

— J'ai réussi à faire face.

— J'ai l'impression que vous faites toujours face.

Dori détourna les yeux, embarrassée. Il y avait tant de choses qu'elle ignorait, tant de choses qui la tourmentaient. Le principal objet de son anxiété marchait à côté d'elle, l'enlaçait d'un geste tout à fait naturel... comme s'il avait l'intention de ne pas la quitter jusqu'à la fin de leurs jours. Mais Dori n'était pas si naïve.

7

Le klaxon discordant du funiculaire retentit, le petit groupe se rangea précipitamment sur le côté. Un brouillard bas se dissipait peu à peu sous les gais rayons de soleil de ce début d'après-midi.

— Quand allons-nous au *Ghiradelli's ?* demanda Mélissa. J'adore le chocolat.

— Moi aussi, dit Danny avec empressement.

— Bientôt, promit Gavin, nous allons d'abord voir le quai Fisherman's.

— Désolée, les enfants, s'excusa Dori.

Mais il n'y avait pas une ombre de regret dans ses yeux brillants. La ravissante cité de San Francisco était tout à fait comme dans son souvenir : les rues escarpées, étroites, les maisons couleur pain d'épice, la merveilleuse baie et le pont du Golden Gate. Elle ne se lassait pas d'admirer la grâce subtile et la beauté de cette ville.

Ils étaient arrivés le jour de *Thanksgiving* et s'étaient rendus directement au luxueux hôtel où Gavin avait réservé une suite. Après un dîner traditionnel de dinde farcie, ils étaient allés dormir ; Gavin et Danny dans une chambre, Dori et Mélissa dans l'autre, tous impatients de visiter la ville le lendemain.

Ils passèrent la journée à flaner dans le parc du Golden Gate, à dévaler Lombard Street et ses fameux virages en épingle à cheveux. Puis ils se promenèrent sur les quais avant de regagner l'hôtel.

Mélissa se laissa tomber dans un fauteuil pour masser ses pieds endoloris.

— J'ai une énorme ampoule, gémit-elle. Je crois n'avoir jamais autant marché de ma vie. Je n'ai qu'une envie : regarder la télévision, puis aller droit au lit.

Elle poussa un profond soupir en regardant Danny. Comme il ne réagissait pas, elle lui murmura quelque chose et lui donna un coup de coude dans les côtes.

— Oh, moi aussi, acquiesça-t-il brusquement. Je veux juste dîner et me coucher.

— Il vous faudra sortir tous les deux sans nous, conclut Mélissa d'un air angélique. Nous aurions bien aimé vous accompagner, mais il est plus raisonnable que nous restions ici.

Gavin leva les yeux au ciel tandis que Dori s'efforçait de ne pas rire. Les deux petits entremetteurs poursuivaient leurs manigances.

— Nous ne pouvons pas vous laisser seuls sans dîner, protesta Dori d'une voix soucieuse.

— Je n'ai pas faim du tout, dit Danny.

Il semblait toutefois indécis. Il avait toujours un appétit d'ogre. Se priver d'un repas représentait sans doute pour lui l'ultime sacrifice.

— Ne vous inquiétez pas pour nous, assura Mélissa avec l'aisance d'une voyageuse aguerrie. Nous nous ferons servir dans la chambre.

Après s'être douchée et habillée, Dori surprit les deux enfants plongés dans la lecture du menu avec la fébrilité d'individus qui n'ont pas mangé convenablement depuis des semaines. Gavin acceptait la petite machination de bonne grâce, mais Dori n'était guère rassurée.

Elle était de plus très excitée à l'idée de ce dîner en tête à tête. Elle ne se souvenait pas de s'être souciée à ce point de son apparence pour leur premier rendez-vous. Elle portait ce soir un ensemble gris et rose, au corsage plissé et aux longues manches souples. C'était sa plus belle tenue, mais ce n'était pas une vraie robe de soirée. Elle appréhendait le jugement de Gavin, sans doute habitué à des femmes plus élégantes et plus sophistiquées. Et ce souci de lui plaire ne pouvait signifier qu'une chose, hélas ! Elle était amoureuse de Gavin Parker ! Rien ne pouvait être pire, rien ne pouvait être plus merveilleux...

Les deux enfants étaient vautrés sur le tapis devant la télévision. Danny lui accorda un regard distrait, mais Mélissa écarquilla les yeux d'admiration.

— Oh là là ! Vous êtes...

— Ravissante ! intervint Gavin. Belle comme un ange !

— Merci, répondit Dori d'une voix tremblante.

Elle se détourna, le cœur battant, saisie d'une envie folle de se blottir dans ses bras.

— Ne vous inquiétez surtout pas pour nous, déclara Mélissa avec assurance.

— Nous serons en bas si vous avez besoin de quelque chose, murmura Gavin en prenant le coude de sa compagne.

— Soyez sages, et ne quittez la chambre sous aucun prétexte, ajouta Dori. Amusez-vous bien !

— Oui, dirent gaiement les deux enfants.

La porte se referma, Dori crut entendre un cri de triomphe. Gavin laissa échapper un petit rire en la guidant vers l'ascenseur.

— Ces deux-là manquent un peu de discrétion, mais je ne suis pas mécontent d'être seul avec vous.

Il avait posé sa main au creux du dos de Dori et la caressait doucement à travers le tissu soyeux de sa robe.

Ils s'installèrent à une table dans la vaste salle de restaurant. Dori parcourut le menu d'un œil indécis, trop nerveuse pour avoir faim. Ils venaient tout juste d'arriver quand le sommelier, dans sa veste rouge vif, s'approcha.

— Etes-vous monsieur Parker ?

— Oui, répondit Gavin surpris.

L'homme claqua dans ses doigts. Aussitôt on apporta à leur table un seau d'argent. Sur un lit de glaçons trônait une bouteille de champagne français.

— Je n'ai pas commandé cela, observa Gavin, les sourcils froncés.

— Avec les compliments de Danny et Mélissa, chambre 1423, monsieur.

Il tendit la bouteille à Gavin pour la lui faire examiner. Celui-ci eut une mimique expressive en voyant l'étiquette.

— Excellent choix, murmura-t-il.

— En effet, monsieur ! acquiesça le sommelier.

Il fit sauter le bouchon avec dextérité, remplit leurs verres, puis s'éloigna. Gavin leva son verre pour un toast.

— A Mélissa et Danny !

— A nos enfants, répondit Dori.

Elle but une gorgée du vin pétillant et le savoura les yeux fermés. Sa tension s'apaisait.

— C'est merveilleux, soupira-t-elle. Mais comment ont-ils su choisir ?

— Ils ont sans doute commandé le meilleur, tout simplement.

— Bonté divine ! Cela doit valoir une fortune ! Ecoutez, laissez-moi en payer la moitié, dit-elle en rougissant. Danny est en partie responsable, il sait que j'adore le champagne. C'est une de mes faiblesses.

— Vous ne paierez rien du tout, répliqua Gavin avec une gravité moqueuse. Le champagne est un cadeau. Ne parlez plus de cela, ou vous allez m'offenser.

— Mais Gavin, je ne peux pas, cette bouteille doit coûter très cher et...

— Nous n'allons pas nous disputer ?

— Non, souffla Dori, émue par son regard appuyé, mais je proteste.

— Avez-vous une autre faiblesse dont je ne sois pas informé ? demanda-t-il doucement.

« Vous ! » faillit-elle s'écrier. Elle haussa les épaules et fixa son verre de champagne pour se donner une contenance.

— La bouillabaisse, avoua-t-elle.

Gavin esquissa un sourire. Il fit signe au serveur pour commander la fameuse soupe de poissons, ainsi qu'une salade de cœurs de palmiers.

Sous l'effet du champagne, Dori se sentait la tête légère, le corps envahi d'une douce chaleur. Tout à fait détendue désormais, elle savoura avec délices ce dîner.

Tandis qu'ils s'attardaient ensuite devant une tasse de café, Gavin parla de lui pour la première fois. Il expliqua sa situation dans la société d'informatique dont il était actionnaire. Il raconta ses voyages, ses reportages pendant la saison de football. Il évoqua enfin son amour pour sa fille, les projets qu'il avait pour elle.

Dori découvrit ainsi un aspect inattendu et émouvant de sa personnalité. Sous ses allures parfois brutales, Gavin dissimulait une profonde sensibilité et une vraie tendresse. Il ne fit pas la moindre allusion à son passé de champion, ni à son mariage avec Deirdre. Cela lui semblait probablement inutile.

Dori se sentait soudain très proche de lui. Elle était heureuse de le voir se confier, renoncer à son austère réserve.

Quand le serveur s'approcha pour leur offrir à nouveau du café, Dori refusa. Gavin jeta alors un coup d'œil à sa montre.

— Osons-nous retourner à nos chambres ? lança-t-il. Nous ne sommes partis que depuis deux heures !

Dori n'avait aucune envie de rompre la douceur de ce moment. Elle saisit aussitôt le prétexte.

— Les enfants seraient déçus de nous voir revenir si tôt.

— Il y a un orchestre dans le hall, proposa-t-il. Vous plairait-il d'aller danser ?

— Oui, volontiers.

Gavin la guida sur la piste et l'enlaça. Dori noua ses mains derrière le cou de son compagnon, appuyant doucement sa joue contre la sienne. Etroitement serrés l'un contre l'autre, ils s'abandonnèrent au rythme lent de la musique.

Submergée d'émotion, Dori ferma les yeux. Depuis des semaines, elle combattait ses sentiments pour Gavin. Elle savait désormais qu'il était trop tard. Elle l'aimait de toute son âme. Elle devinait pourtant qu'il lui fallait se taire encore, Gavin n'était pas prêt.

— Dori, murmura-t-il soudain d'une voix rauque, sortons d'ici.

Elle acquiesça et le suivit à travers le hall animé. Il hésita un instant sur le chemin à prendre.

— Les enfants doivent être au lit maintenant, dit-elle.

Aussitôt dans l'ascenseur, Gavin la prit dans ses bras. Elle lui adressa un sourire effronté et vit ses yeux s'assombrir de désir. Il se pencha pour l'embrasser avec une tendresse passionnée qui lui fit perdre le souffle. L'arrêt de l'ascenseur mit brusquement fin à leur ardeur, les laissant haletants. Gavin desserra son étreinte et la regarda d'un œil troublé.

— Si vous m'embrassez de cette manière encore une fois, nous ne sortirons jamais de l'ascenseur.

— Je le crains aussi, murmura-t-elle.

— Alors cessons pendant qu'il est encore temps.

Aucune lumière ne filtrait sous la porte de leur appartement. Mais Dori ne se faisait guère d'illusions. Danny et Mélissa devaient être aux aguets dans leurs chambres respectives. Ils entrèrent sans bruit dans le salon obscur. Gavin gardait un bras autour de sa taille ;

il referma la porte, puis la contempla à la pâle lueur qui venait des fenêtres.

— Je ne devrais pas vous embrasser ici, chuchota-t-il.

Dori ne répondit pas. Lentement, elle effleura son visage, glissa ses doigts dans l'épaisse chevelure brune, puis se haussa sur la pointe des pieds pour poser ses lèvres sur les siennes.

D'abord tendre et léger, le baiser se fit peu à peu exigeant. Dori sentit son corps vibrer, elle laissa échapper un doux gémissement, consciente de leur désir à tous deux. Elle croyait ces sensations, ces sentiments disparus à jamais avec Brad. Pourtant, si Gavin l'avait emportée dans ses bras jusqu'à sa chambre, elle n'aurait pas protesté.

Il la caressait avec passion sans cesser de l'embrasser. Eperdue, elle s'abandonnait, quand il rompit tout à coup le charme.

— Si vous accordez dix à ce baiser, souffla-t-il à son oreille, nous allons avoir de graves problèmes.

— Nous avons de graves problèmes.

— Je m'en doutais, répondit-il sans la lâcher pour autant.

— Connaissant Danny, je le soupçonne d'être à l'écoute.

— Et Mélissa aussi !

— Pensez-vous qu'ils tenteront de nous faire chanter ? dit-elle d'un ton faussement désinvolte.

— J'en doute. De toute façon, nous avons un argument de défense. Nous pouvons invoquer l'effet du champagne, n'est-ce pas ?

Dori retint une protestation. Leur désir n'était pas dû à la magie du vin, il avait jailli entre eux depuis longtemps. Elle préféra se taire et feignit d'être lasse.

— Je ferais mieux d'aller au lit. La journée a été longue.

— Oui, acquiesça Gavin avec empressement. Et celle de demain sera tout aussi mouvementée.

Ils gagnèrent chacun leur chambre. Dori se dévêtit dans l'obscurité pour ne pas éveiller Mélissa... si toutefois celle-ci dormait. Dori n'était pas d'humeur à répondre aux questions indiscrètes de la fillette. Elle se glissa dans son lit, puis resta immobile, pensive, à contempler les ombres mouvantes sur le mur. Gavin mettait leur attirance mutuelle sur le compte du champagne. Que dirait-il la prochaine fois ? Car il y aurait une prochaine fois, elle le savait. Ils étaient allés trop loin désormais.

L'après-midi suivant, Dori s'installa en compagnie des enfants devant la télévision pour regarder le match de football San Francisco contre Denver, commenté par Gavin.

Gavin avait pour partenaire Frank Gifford, un autre ex-joueur. Tous deux échangeaient des bons mots avec entrain. Pendant la mi-temps, la caméra se fixa sur les deux hommes. Gavin brandit alors une feuille de papier portant l'inscription : « Salut, Mélissa et Danny ! »

Les enfants poussèrent des cris de joie sous l'œil amusé de Dori. Elle n'oublierait pas ces quatre jours de vacances. Tout avait été parfait, trop parfait peut-être...

Gavin reparut à l'hôtel plusieurs heures après la fin du match. Il salua les enfants en évitant le regard de Dori, puis se laissa tomber dans un fauteuil.

— Vous avez été formidable ! dit Danny avec enthousiasme.

— C'est vrai, papa, approuva Mélissa d'un ton fier.

Il leur adressa un sourire las. Dori s'approcha de lui.

— Désirez-vous quelque chose, Gavin ? proposa-t-elle calmement. Vous semblez épuisé.

Il la regarda pour la première fois depuis son retour.

Une lueur étrange brillait dans ses yeux, qui s'éteignit d'un seul coup. Il détourna la tête.

— Je n'ai besoin de rien, merci.

Il affichait cette froideur depuis le matin. Dori s'était efforcée de le croire préoccupé par son reportage et de ne pas se laisser troubler par ce comportement.

— Nous savions que tu serais fatigué, lança Mélissa. Alors Danny et moi avons commandé une pizza. Vous pourrez ainsi sortir de nouveau tous les deux seuls ce soir.

Dori rougit légèrement. Elle s'apprêtait à protester, puis préféra laisser l'initiative à Gavin. Mais celui-ci resta silencieux, la défiant du regard.

— Non, dit-elle alors. Ton père est beaucoup trop fatigué. Nous partagerons votre pizza.

— D'accord ! acquiesça Mélissa. La pizzeria est à deux pas. J'irai avec Danny.

— Je vous accompagne, annonça Dori.

Elle ne voulait pas que les enfants circulent seuls dans les rues après la tombée de la nuit. Gavin coupa son élan. Il la saisit par le bras, la dévisageant d'un œil froid.

— Qu'y a-t-il ?

— Rien, répondit-elle d'un ton uni. Vous n'avez pas envie de sortir, n'est-ce pas ?

— Non.

— Alors pourquoi me regardez-vous comme si j'avais commis une faute ?

— Vous m'en voulez de ne pas avoir cité votre nom avec celui des enfants cet après-midi.

— Bien sûr que non ! C'est ridicule ! s'exclama Dori stupéfaite d'une telle supposition.

Mais il paraissait convaincu. Il libéra son bras et s'allongea dans son fauteuil.

— Les femmes sont toutes pareilles. Vous êtes avides d'attention !

Dori était abasourdie devant tant de brusquerie. Elle

ne savait quelle attitude adopter lorsqu'il était de cette humeur. Selon toute apparence, elle ne pouvait même pas espérer son retour à de meilleures dispositions.

Elle ne se trompait pas. Gavin demeura distant durant tout le voyage de retour, le lendemain.

Il ne lui téléphona pas non plus les jours suivants. Dori éprouvait tout à coup comme un grand vide dans sa vie. Elle se surprenait assise à côté du téléphone, à attendre en vain son appel. Pourtant, elle pensait deviner les raisons de son silence. Gavin combattait ses sentiments pour elle, il avait peur, et préférait invoquer des griefs imaginaires. Elle résolut avec tristesse de ne pas le contacter non plus.

Le vendredi matin, Dori rêvassait, assise à son bureau, les yeux dans le vague. Elle était sans nouvelles de Gavin depuis une semaine.

— Vous sortez, Gavin et toi, ce week-end? demanda Sandy.

— Non, pas ce week-end, répondit Dori d'un air faussement détaché.

— Gavin commente un match ?

— Je ne sais pas.

— Vous vous êtes disputés ? s'exclama Sandy. Dori, tu n'as pas tout gâché ? Gavin Parker est parfait pour toi. Quoi qu'il ait pu se passer, je t'en prie, essaie d'arranger les choses. Tu ne peux pas laisser filer une telle aubaine !

Dori refoula une riposte acerbe. Elle n'avait jamais considéré Gavin comme une aubaine et jugeait cette réflexion parfaitement cynique. Aucun d'eux n'avait envisagé leur histoire sous cet aspect. Ils ne recherchaient ni l'un ni l'autre des attaches durables... du moins pas au début.

Lorsqu'elle rentra chez elle, elle n'était guère de meilleure humeur. Elle trouva Danny allongé négligemment sur le canapé. Elle répondit à son salut d'un air distrait.

— Tu ne me poses pas de questions sur l'école ? lança-t-il.

— Cela s'est-il bien passé ?

Pour la première fois depuis des années, cela lui était égal ou presque. Elle avait surtout envie d'un bain chaud. Elle s'irritait aussi d'être tellement abattue.

— Bien, murmura Danny d'un ton perplexe. Tu es malade, maman ?

Elle était triste, désenchantée, désorientée. Elle ne voulait plus revoir Gavin Parker, et dépérissait dans l'attente d'un signe de lui.

— Je suis un peu fatiguée.

— Veux-tu que je prépare le dîner, ce soir ?

— Volontiers.

Elle se sentait assez découragée pour céder ainsi sans discuter. Une semaine plus tôt, elle se trouvait dans l'avion pour San Francisco en compagnie de Gavin. Au moment du décollage, il lui avait pris la main, affirmant avec un sourire lumineux qu'il avait besoin d'être rassuré. Une semaine seulement... une éternité !

— Tu acceptes de me laisser cuisiner ? insista Danny déconcerté.

— Il doit y avoir un plat tout prêt dans le congélateur. Mets-le au four.

— Et toi ?

Dori hésita avant de se diriger vers sa chambre.

— Je n'ai pas faim.

Elle avait toujours fait preuve d'un solide appétit. Danny le savait.

— Pas faim ? s'écria-t-il. Alors tu es malade !

— C'est possible.

Elle entra dans la salle de bains, remplit la baignoire en ajoutant des sels moussants, puis prépara un pyjama, le vieux peignoir à l'ourlet déchiré et une paire de grosses chaussettes. Elle venait de se plonger dans l'eau bien chaude quand Danny frappa à la porte.

— Maman ?

— Va-t'en, jeta-t-elle exaspérée.

— Mais maman...

— Danny, s'il te plaît ! Je ne suis pas en forme. Laisse-moi quelques minutes de tranquillité dans mon bain avant de me harceler avec tes questions !

Elle l'entendit s'agiter confusément derrière la porte. Un peu honteuse de son accès de colère, elle se reprit.

— Ecoute, mon chéri, il reste quelques biscuits dans la boîte. Tu peux les prendre. Mange-les pour patienter et ne me dérange pas pendant une demi-heure. D'accord ?

Elle était prête pour une fois à toutes les concessions en échange d'un peu de calme.

— Tu es sûre, maman ?

— Danny, j'ai envie de profiter d'un bain sans être importunée. Tu comprends ?

— D'accord, maman, murmura-t-il, indécis.

Dori s'attarda dans son bain jusqu'à ce que toute la mousse se soit dissipée et que l'eau soit tiède. Elle en sortit résolue à lutter contre cette stupide apathie. Elle brossa à la hâte ses cheveux humides et les laissa retomber en boucles autour de son visage. Ce vieux peignoir aurait mérité d'être mis au rebut depuis longtemps, mais il convenait parfaitement à son humeur du jour. Elle enfila les chaussettes qui lui montaient aux genoux, puis glissa ses pieds dans des mules en forme de lapin. Danny les lui avait offertes pour Noël, deux ans auparavant. Elle les portait rarement, mais ce soir, c'était une manière de s'excuser auprès de son fils pour les rebuffades qu'elle lui avait infligées. Ces mules étaient ornées de longues oreilles pendantes qui traînaient jusqu'à terre, et de queues roses en houppette qui lui chatouillaient les chevilles. C'étaient sans conteste les objets les plus ridicules qu'elle ait jamais possédés. Mais il fallait bien se faire pardonner.

— Hello, maman ! dit Danny d'un ton hésitant quand elle entra dans le salon. Tu as une allure épouvantable, ajouta-t-il avec une mine anxieuse.

Dori n'en doutait pas une seconde. Elle s'imaginait sans peine dans son peignoir déchiré, avec ses mules lapin, ses cheveux défaits...

— M. Parker ne t'a jamais vue dans cet état, reprit-il avec la même expression chagrine.

— Il ne me verra pas, alors ne t'inquiète pas !

— Mais maman, protesta vigoureusement Danny, il sera là dans quelques minutes.

8

Il y eut un moment insensé. Dori, hagarde, luttait contre la panique. Elle avait attendu en vain pendant toute la semaine un appel de Gavin. Et il allait surgir sur le seuil de sa porte ! Elle refusait de le voir. Elle ne pouvait pas l'affronter dans cette tenue ni dans cet état d'esprit. Elle regarda son fils, dans l'espoir d'un démenti.

— Il ne va pas venir. Il aurait téléphoné d'abord, j'en suis certaine.

— Il a téléphoné, maman, déclara Danny d'un air innocent.

— Quand ?

— Pendant que tu étais dans ton bain. Je lui ai expliqué que tu avais besoin de te détendre après une journée difficile.

— Pourquoi ne m'as-tu pas prévenue ? s'écria-t-elle d'une voix angoissée.

La sonnette de la porte retentit à cet instant. Dans un geste puéril, Dori saisit son fils par les épaules, comme si elle espérait se cacher derrière lui.

— Renvoie-le, Danny. Tu as compris ?

— Mais, maman...

— Dis-lui ce que tu veux, cela m'est égal.

Elle se rendait bien compte de son extravagance. Charger un enfant d'une telle mission ! Mais elle était épouvantable. La sonnette continuait à retentir, en coups brefs et impatients. Puis, avant qu'ils n'aient eu le temps de réagir, la porte s'ouvrit et Gavin entra.

— Que se passe-t-il ? Vous ne voyez pas...

Il s'interrompit tout à coup en apercevant Dori.

— Avez-vous appelé un médecin ? Vous avez une mine épouvantable.

— On me l'a déjà dit, riposta-t-elle d'un ton rageur.

Elle avait désespérément attendu un signe de lui durant toute la semaine. Maintenant il était là, et elle avait envie de le jeter dehors. Elle tourna les talons pour se diriger vers la cuisine.

— Allez-vous-en !

Gavin la suivit. Il resta appuyé dans l'encadrement de la porte, comme s'il s'attendait à une scène orageuse.

— Je veux vous parler.

Dori ne répondit pas. Elle faisait mine de l'ignorer, ouvrant le réfrigérateur avec des gestes mesurés, sortant une boîte d'œufs. Ces menues occupations l'aidaient à garder une apparence de calme.

— M'avez-vous entendu ? insista Gavin.

— Oui ! Mais si je vous ignore, vous finirez peut-être par vous en aller.

Danny entra dans la cuisine en sifflotant d'un air dégagé. Il s'assit, puis leur lança des regards intrigués. Devant leurs visages renfrognés, il comprit.

— Vous voulez être seuls ; exact ?

— Exact, répondit Gavin.

— Avant de partir, monsieur Parker, je dois vous dire que... d'habitude... maman n'a pas cette allure-là.

— Je m'en doute.

— Bien. Je m'inquiétais, parce que...

— Danny ! s'écria Dori. Tu aggraves la situation !

— Ne te tourmente pas, dit-il en se levant. Je comprends.

Dori s'étonna d'une telle assurance. Quant à elle,

elle n'avait pas la moindre idée de ce qui allait arriver. Elle soupçonnait d'ailleurs Gavin de n'être guère plus éclairé sur le sujet.

— Comment s'est passée votre semaine ? s'enquit Gavin.

— Très bien !

— Vous vous êtes sans doute demandé pourquoi je ne téléphonais pas ?

— Je me suis vaguement posé la question, répliqua-t-elle d'un ton désinvolte.

Elle continuait cependant de battre les œufs avec une hargne spectaculaire.

— Dori, pour l'amour du ciel, regardez-moi !

— Non !

— Je vous en prie.

Elle faiblit au son de cette voix douce et caressante. Elle s'efforça de ne pas penser à l'image qu'elle offrait, avec ses cheveux défaits, son vieux peignoir, ses mules ridicules, puis se tourna enfin pour lui faire face. Gavin s'approcha d'elle, mit les mains sur ses épaules. Elle évitait désespérément son regard.

— Vous m'avez manqué, murmura-t-il.

Dori réprima l'envie folle de se blottir dans ses bras. Elle avait désiré si fort sa présence ! La semaine lui avait semblé si longue !

— J'ai failli vous appeler des centaines de fois, poursuivit-il.

— Mais vous ne l'avez pas fait.

— Non, soupira-t-il. Croyez-le ou non, j'avais peur.

Elle sursauta à cette franchise inattendue.

— Peur ?

— La situation devient un peu compliquée entre nous, vous ne pensez pas ?

— Et vos principes vous interdisent d'éprouver quelques sentiments pour une vieille dame de trente ans ! Une femme qui ne va pas tarder à découvrir ses premiers cheveux blancs.

— Dori, cela n'a aucun rapport !

— Mais si ! jeta-t-elle furieuse. Vous préféreriez une fille de vingt ans au corps superbe et à la peau lisse.

— Voulez-vous cesser ! Que vous arrive-t-il ce soir ?

— J'ai eu tout le loisir de réfléchir cette semaine. Je vous connais mieux que vous ne le supposez. Vous avez raison, vous avez peur, en effet. Peur de moi, de vos sentiments pour moi. Si les enfants n'avaient pas été là le week-end dernier, qui sait ce qui aurait pu se passer entre nous ? N'essayez pas de le nier, Gavin. Je comprends un certain nombre de choses. C'est l'ennui d'avoir affaire à une femme qui ne songe pas qu'à des futilités. J'ai une idée très claire de la situation. Je sais même ce que vous allez me proposer.

— J'en doute fort, riposta-t-il d'un air contrarié.

— Il y a deux possibilités, poursuivit-elle sans se laisser intimider. Soit vous souhaitez mettre fin à cette comédie et ne jamais me revoir. Dans ce cas, vous serez aux prises avec une fillette obstinée, capable de vous forcer à conclure un accord similaire avec une autre femme. Je vous soupçonne d'ailleurs d'y avoir déjà songé. Mais vous avez peur des tracas causés par une femme mûre. Elle tomberait inévitablement amoureuse de vous, vous êtes si irrésistible ! Mieux vaut transiger avec un adversaire connu. Moi en l'occurrence !

— Continuez, lança Gavin d'un ton sec.

— Il y a une deuxième solution. Mais celle-ci, je vous le dis tout de suite, est totalement inacceptable. Je déplore même que vous l'ayez envisagée.

— De quel noir dessein suis-je donc accusé maintenant ? demanda-t-il avec ironie.

Elle n'avait cessé de se tourmenter toute la semaine à cette idée. Oh, il nierait sans doute, mais elle était convaincue de ses intentions. Elle était prête à parier un mois de salaire là-dessus.

— Vous allez me proposer un mariage à l'essai.

— Croyez-moi, ricana-t-il, le mariage ne fait pas partie de mes projets.

— Je le sais. J'ai dit « à l'essai » seulement. Danny et moi irions vivre avec vous. Vous pourriez toujours rompre en cas de complications. Ne vous donnez pas la peine d'en parler. Je n'accepterai jamais. De plus j'aurais moins d'estime pour vous.

— Vous n'en avez déjà guère, il me semble. Cette idée ne m'a jamais effleuré, soyez en sûre.

Dori craignit soudain de l'avoir mal jugé. Elle en doutait toutefois.

— Regardez-moi bien, déclara-t-elle, en montrant son accoutrement. Vous devez savoir ce que vous prenez.

— Je sais surtout qu'une discussion sensée est impossible avec vous.

— Je ne suis pas de très bonne compagnie ce soir, en effet, soupira Dori. Je... je n'avais pas l'intention de vous agresser de la sorte.

Elle souhaitait avant tout le voir partir, pour laisser libre cours à sa détresse.

— J'avoue vous avoir connue dans de meilleures dispositions.

— La semaine a été dure.

Ils restèrent un long moment silencieux. Quand Gavin parla, il semblait avoir recouvré son calme.

— Il y a un spectacle de Neil Simon sur la Cinquième Avenue. Aimeriez-vous y aller demain soir ?

L'invitation était tout à fait inattendue. Déconcertée, Dori se contenta d'un brusque signe de tête.

— Je passerai vous prendre vers dix-neuf heures quinze, d'accord ?

Elle acquiesça de nouveau en silence. Il fit mine de partir, puis s'immobilisa sur le pas de la porte.

— Prenez soin de vous !

— Oui, murmura-t-elle.

Elle entendit la porte du salon se fermer. Elle

frissonna, horrifiée de sa propre attitude. Elle avait pris Gavin à parti avec une incroyable véhémence sans lui accorder le temps de s'expliquer.

Dans l'espoir de calmer son anxiété, elle se livra le lendemain après-midi à des dépenses folles. Elle s'offrit une séance chez le coiffeur, dans le secret espoir d'en sortir métamorphosée et rajeunie. Puis elle acheta une robe à la dernière mode présentée sous le nom exaltant de « rhapsodie en violet ». La vendeuse précisa que cette petite merveille avait été créée pour une femme libre, sophistiquée et dynamique. Tout à fait ce que Dori souhaitait être pour cette soirée. Elle ne se souvenait pas de s'être autant mise en frais pour un rendez-vous, pas même pour son premier concert au collège.

De retour chez elle, elle examina sa nouvelle acquisition d'un œil critique. Ce délicat chiffon de soie mauve lui avait coûté un prix fou, et, avec son profond décolleté dans le dos, c'était le vêtement le plus osé qu'elle ait jamais possédé.

Comme elle avait déposé Danny chez ses parents tôt dans l'après-midi, elle fut prête de pied en cap dès dix-neuf heures. En attendant Gavin, elle parcourut le journal à la recherche de l'annonce du spectacle. Gavin avait parlé d'une comédie de Neil Simon sans en préciser le titre. Elle le découvrit avec une certaine surprise ; la pièce s'intitulait *Le couple bizarre.* Dori faillit éclater de rire. C'était tout à fait de circonstance !

Gavin fut très ponctuel. Il contempla Dori d'un air médusé quand elle lui ouvrit la porte. Il la suivit dans le salon sans la quitter des yeux. Pour la première fois, M. Gavin Parker semblait à court de mots.

— Salut ! lança Dori d'un ton négligent.

— Hello... Pour une vieille dame de trente ans, vous paraissez singulièrement en forme.

— Je prends cela comme un compliment !

En réalité, elle dissimulait avec soin une intense

satisfaction. L'attitude de Gavin justifiait amplement le prix exhorbitant de sa robe.

— Vous n'êtes pas mal non plus, ajouta-t-elle avec malice.

— C'est ce que disent mes innombrables conquêtes, répliqua-t-il en lui adressant un sourire charmeur.

Dori choisit d'ignorer cette réflexion insidieuse. Elle saisit son sac, impatiente de partir. Elle vit Gavin hésiter et se sentit soudain mal à l'aise. Elle avait hâte de se retrouver au théâtre, en terrain neutre.

— Nous devrions partir, vous ne pensez pas? demanda-t-elle d'un ton uni.

— Et votre manteau?

— Je n'en ai pas besoin.

Elle ne pouvait décemment pas porter « Rhapsodie en violet » avec un manteau bleu marine. Cette robe avait été créée pour le vison ou l'hermine, pas pour la laine.

— Dori, ne soyez pas ridicule. Vous ne pouvez pas sortir sans manteau. Il fait froid dehors.

— Je serai très bien, assura-t-elle. Je ne suis pas frileuse.

— Vous allez geler, insista-t-il.

De mauvaise grâce, Dori alla chercher son manteau dans le placard du vestibule.

— Satisfait? lança-t-elle. Je gâche pourtant mon image de marque!

Le spectacle avait été encensé par les critiques, et ils bénéficièrent tous deux d'excellentes places dans la salle. Pourtant, Dori avait du mal à fixer son attention. Assis à côté d'elle, Gavin se comportait en parfait étranger. Il ignorait sa présence. Il restait même indifférent aux facéties des acteurs. Il semblait distrait, ailleurs...

Pendant l'entracte, Dori résolut de secouer cette apathie. Elle croisa haut ses jambes, feignant d'effleurer par inadvertance le genou de Gavin. Il tressaillit et s'écarta. Elle plaça ensuite négligemment sa main sur l'accoudoir commun à leurs deux fauteuils, tout contre son coude. Elle le sentit aussitôt se détendre, comme s'il n'avait cessé d'espérer ce geste discret de tendresse.

Alors pourquoi n'avait-il pas pris sa main ? Gavin n'était pas timide pourtant !

La veille, il avait surmonté son orgueil pour tenter d'expliquer ses craintes, ses sentiments, mais Dori l'avait interrompu sans réfléchir et accablé de reproches. Elle avait agi de manière stupide et injuste. Sans doute même l'avait-elle blessé. Submergée de regrets, elle faillit le prendre dans ses bras pour lui demander pardon. Elle avait tout gâché.

Gavin avait peut-être enfin compris qu'il l'aimait... Elle l'avait condamné sans lui accorder le temps de parler... Bouleversée de sa propre inconscience, Dori ferma les yeux. Murée dans son angoisse, elle en oubliait la pièce, les acteurs...

A cet instant, Gavin referma sa main sur la sienne dans une chaude étreinte. Dori resta longtemps immobile, trop émue pour risquer le moindre geste. Quand elle finit par se tourner vers lui, elle découvrit dans son regard une telle douceur qu'elle eut envie de pleurer.

Ils ne virent rien ni l'un ni l'autre de la suite du spectacle. Ils se contentèrent d'applaudir à la fin comme tout le monde. Quand ils se levèrent pour partir, Gavin ne lâcha pas sa main.

Dori était éblouie de cette harmonie toute neuve, un peu effrayée aussi. Elle aimait Gavin, mais n'avait pas espéré l'apprivoiser aussi facilement.

— La pièce était bonne, dit-il en l'aidant à mettre son manteau.

— Magnifique.

Elle avait répondu d'une voix voilée d'émotion. S'il le remarqua, il n'en laissa rien paraître.

Quelques minutes plus tard, Gavin stoppa la voiture le long du trottoir, devant la maison de Dori.

— Danny est-il chez vos parents, ce soir ?

Dori crut deviner qu'il désirait être seul avec elle.

— Oui... répondit-elle le cœur battant.

— Vous n'êtes plus malade, maintenant ? lança-t-il d'un ton malicieux.

— Non, je vais très bien. Voulez-vous entrer prendre un café ?

Que la vie était donc compliquée ! Ils savaient tous deux que cette invitation était un prétexte. Simplement, Dori ne souhaitait pas être observée par tout le voisinage lorsque Gavin la prendrait dans ses bras !

Elle le vit pourtant jeter un coup d'œil ostensible à sa montre. Il n'avait pas coupé le moteur.

— Une autre fois, dit-il. Il est tard.

Tard ! Il n'était pas vingt-trois heures ! Dori fut assaillie par une foule d'émotions confuses. Elle s'efforça de parler posément.

— Vous vouliez me dire quelque chose hier, hasarda-t-elle. Je dois aussi m'excuser pour mon attitude à votre égard.

— Une chose est sûre, Dori, vous êtes tout à fait imprévisible !

— Vous vouliez me dire quelque chose, insista-t-elle.

— Oui... La situation devient un peu compliquée entre nous, je vous l'ai dit.

— C'est vrai, murmura-t-elle avec tendresse.

— Je n'avais pas prévu cela...

— Je sais.

— Vous vous souvenez de ce qui s'est passé à San Francisco... Dieu sait jusqu'où nous pourrions aller...

Elle le regardait hésiter, chercher ses mots, sans comprendre ses réticences soudaines. Ils savaient fort bien tous les deux où ils allaient. Tout était si simple pour elle.

— Dori, poursuivit-il d'une voix mal assurée, je crois

que nous devrions ne plus nous voir pendant quelque temps.

Elle tressaillit sous le choc. Tandis qu'elle attendait une déclaration d'amour, lui tentait seulement d'annoncer la rupture. Les yeux noyés de larmes qu'elle refoula avec rage, elle saisit la poignée de la portière pour s'enfuir loin de lui. Quelle folle elle avait été !

— Naturellement, murmura-t-elle. Si vous jugez cela préférable. Encore merci pour le spectacle, c'était superbe.

Elle ne pouvait faire davantage pour sauvegarder sa dignité. Elle sortit en hâte de la voiture, claqua la portière, et se précipita vers sa maison. Derrière elle, elle entendit s'ouvrir la portière de Gavin.

— Je croyais que vous ne vouliez pas de café, lança-t-elle sans se retourner.

— Dori, je suis désolé. J'ai simplement besoin de réfléchir. Tout est arrivé trop vite entre nous. Laissez-moi un peu de temps pour voir clair.

— Je comprends...

Elle comprenait bien mieux qu'il ne le supposait. Elle l'avait cru troublé par leur attachement réciproque, alors qu'il s'efforçait de trouver une manière élégante de se débarrasser d'elle. Sans lui accorder le moindre regard, elle fouillait maladroitement son sac à la recherche de sa clef.

— Ne vous inquiétez pas, ajouta-t-elle. Vous allez avoir tout le temps nécessaire.

— Un mois, je ne demande pas davantage.

— Six mois, répliqua-t-elle d'un ton impatient. Ou même dix, si vous voulez ! Pourquoi pas ?

Elle tenta de rire, mais sa voix se brisa. Elle entendit Gavin s'approcher.

— Dori ? Vous pleurez ?

— Moi ? J'aurai trente ans dans quelques semaines, Gavin. A cet âge, on ne pleure plus. Vous ne voulez plus me voir. Très bien. Je suis assez mûre pour l'accepter.

— Tournez-vous, regardez-moi.

Elle faisait des efforts désespérés pour ne pas éclater en sanglots et se sentait tout à fait ridicule.

— Dori, je n'avais pas l'intention de vous faire souffrir.

— Je ne souffre pas ! s'écria-t-elle.

Elle appuya un instant sa tête contre la porte, tremblante, humiliée de sa faiblesse. Elle s'appliqua à respirer calmement, puis se tourna enfin pour lui faire face.

— Je vais très bien, assura-t-elle. Alors je vous en prie, ne vous croyez pas obligé de rester ici. Danny et moi nous débrouillerons très bien.

— Dori, oh Seigneur...

— Je vais très bien, répéta-t-elle d'un ton cinglant. Vous comprenez ?

Sans ajouter un mot, elle ouvrit la porte et entra dans la maison.

— Tu t'es bien amusée hier soir avec M. Parker, maman ?

Danny était assis dans la cuisine en compagnie de Dori qui buvait une tasse de café fort. Elle lui adressa un sourire pâlot. Elle se sentait si triste, si découragée. Elle allait devoir apprendre à son fils sa rupture avec Gavin. Ce ne serait pas tâche facile.

— La pièce était formidable, répondit-elle d'une voix tremblante. As-tu passé un bon moment chez grand-père et grand-mère ?

— Oui, mais je serai content quand M. Parker et toi déciderez de vous marier. J'aurai une vraie famille. Je pourrai rester avec Mélissa, et je n'aurais plus besoin d'être gardé chaque fois que tu sors.

Le cœur déchiré, Dori rassembla tout son courage.

Elle devait lui expliquer la situation sans dévoiler son profond chagrin.

— Ecoute, Danny... M. Parker et moi avons décidé de ne plus nous voir pendant quelque temps.

— Comment ? Mais pourquoi ? Je croyais que vous vous aimiez vraiment ! Je croyais même que vous songiez au mariage. Mélissa était sûre...

Il s'interrompit brusquement, comme s'il avait par mégarde laissé échapper un secret. Dori était bouleversée, mais elle n'avait pas d'autre choix. Elle devait céder à la requête de Gavin... pour le moment. Elle ne perdait pas espoir de le voir revenir un jour, mais il ne fallait pas trop présumer de cela non plus.

— Gavin n'est pas prêt à un tel engagement. Nous devons toi et moi le comprendre.

— Mais, maman...

— Ecoute, implora Dori en prenant la main de son fils entre les siennes. Tu dois me promettre de ne pas chercher à contacter Gavin. Les grandes personnes ont parfois besoin de temps pour réfléchir, comme les enfants, et nous devons respecter cela. Promets-moi, Danny, c'est très important.

Le regard grave, Danny dévisageait sa mère. Finalement, il fit un petit signe de tête.

— Et Mélissa ? Pourrons-nous la revoir ?

Les deux enfants étaient devenus bons amis. Il était injuste et cruel de leur faire payer les problèmes de leurs parents.

— Je suis certaine que nous trouverons un arrangement. Nous l'inviterons pendant les week-ends où son père sera en reportage.

Il n'était d'ailleurs pas obligatoire de mettre Gavin au courant. Mais elle était convaincue que Mélissa ne pourrait s'empêcher de le faire.

— Tu l'aimes, n'est-ce pas ? demanda Danny d'une voix anxieuse.

— Gavin Parker est un homme extraordinaire,

répondit-elle avec un sourire mélancolique. Il n'est pas difficile de l'aimer. Mais ce ne sera pas la fin du monde si nous ne le voyons plus.

Les yeux de Danny s'arrondirent de surprise. Il paraissait trouver les paroles de sa mère tout à fait choquantes.

— M. Parker était parfait.

— C'est vrai, acquiesça-t-elle. Il avait toutes les qualités requises par notre liste. Mais d'autres hommes les auront aussi.

— Vas-tu te remettre à chercher un nouveau père pour moi ?

Danny la regardait avec attention. Ses yeux bleus étaient voilés de tristesse.

— Pas pour le moment, assura-t-elle aussitôt.

Comme Gavin, elle avait besoin de temps. Pour elle, toutefois, ce serait un jeu d'attente. Dans quelques semaines, elle saurait si elle avait gagné ou perdu. Elle n'aurait jamais dû se laisser entraîner dans cette aventure. Gavin l'avait assez avertie de ne pas tomber amoureuse. Elle devait maintenant en subir les conséquences.

Les jours suivants, Dori s'étonna de sa propre force de caractère. Ce n'était certes pas facile, mais elle parvenait à s'empêcher de trop penser à Gavin. A aucun moment il ne tenta de la contacter ; elle ne s'attendait d'ailleurs pas à ce qu'il le fasse. Son échec avec Deirdre l'avait profondément blessé. Peut-être ne prendrait-il plus jamais le risque de s'engager avec une autre femme. C'était malheureux pour lui et Mélissa... pour elle et Danny.

Un matin comme tous les autres matins, Dori prit son petit déjeuner en feuilletant distraitement le journal.

— Danny, dépêche-toi, lança-t-elle par-dessus son épaule. Tu vas être en retard pour l'école.

— D'accord ! cria son fils depuis sa chambre.

Dori tournait les pages à la recherche de sa rubrique favorite quand elle tomba sur les potins mondains. Son regard se posa par hasard sur une photographie et elle reconnut Gavin. Une superbe blonde, accrochée à son bras, lui souriait avec adoration. Le cœur battant la chamade, Dori contempla le charmant tableau. Elle aussi, avait souri à Gavin de cette manière, quelque temps auparavant. Submergée de chagrin, elle lut l'article qui accompagnait la photographie. Il était consacré au gala d'ouverture de l'opéra avec la représentation de *Carmen* de Bizet. C'était donc ainsi que Gavin usait de son temps pour clarifier ses sentiments ! Il avait bien vite trouvé une femme à la peau lisse et au corps parfait !

Elle refoula les larmes cuisantes qui lui montaient aux yeux. Elle n'allait pas céder à un chagrin ridicule.

— Maman, que se passe-t-il ? s'exclama Danny. Tu as l'air d'avoir envie de frapper quelqu'un !

— Vraiment ? Non, tout va bien.

Elle replia en hâte le journal et le fourra dans la poubelle. Danny lui adressa un regard oblique.

— M. Parker dit que les femmes agissent parfois de façon mystérieuse. Je suppose que c'est ton cas en ce moment.

— Je suis fatiguée d'entendre sans cesse parler de M. Parker.

Elle ouvrit d'un geste brusque le réfrigérateur pour prendre le déjeuner de son fils. Comme il ne répondait pas, elle se retourna.

— M'as-tu entendue ?

— Oui, je crois. Vas-tu te mettre à pleurer ? murmura-t-il, l'œil fixé avec obstination sur son bol de céréales.

— Bien sûr que non ! Pourquoi le devrais-je ? C'est bientôt Noël.

Danny remuait sa cuillère avec une ardeur qui trahissait son anxiété.

— Je ne sais pas... Mais quand tu contractes ta bouche ainsi c'est toujours parce que tu es bouleversée.

— Merci !

La journée se poursuivit dans la même ambiance déplorable. Tout allait de travers. Dori commença par égarer un dossier au bureau, puis elle se prit à rêvasser au cours d'une réunion importante. Quand son patron, M. Sandstorm, l'interpella pour lui demander son avis, elle n'avait pas la moindre idée du sujet de la discussion. Sandy lui lança un regard de sympathie et s'empressa de prendre la parole pour la tirer d'embarras. En guise de remerciement, Dori l'invita à déjeuner, bien qu'elle n'ait guère les moyens d'être prodigue en ce moment.

Dori rentra chez elle éreintée en fin d'après-midi. Danny n'était visible nulle part. Elle s'assit pour ôter ses chaussures et masser ses pieds douloureux. Elle se demandait où il pouvait être : puisqu'il n'était pas autorisé à sortir tant que sa mère n'était pas rentrée. Avant de se mettre à sa recherche dans la maison, elle sortit des hamburgers du congélateur. La perspective de préparer un repas ne l'enchantait pas, mais il fallait bien s'acquitter des tâches quotidiennes, même avec le cœur lourd.

Elle remarqua soudain que le téléphone était décroché. Le fil était déroulé, tendu à l'angle du mur de la cuisine. Il disparaissait finalement dans le placard du vestibule. Danny ! Elle se dirigea vers la porte et l'ouvrit d'un coup.

Danny était assis par terre, jambes croisées. Il leva les yeux à l'intrusion de Dori, incapable de masquer son air coupable.

— Eh bien, Daniel Robertson, à qui parles-tu ?

9

— Oh, salut, maman, bredouilla Danny d'un air embarrassé.

— A qui parles-tu ? répéta-t-elle.

Elle envisageait déjà le pire. Si Gavin était au bout du fil, elle allait sûrement commettre une bêtise. Par exemple saisir l'appareil pour annoncer d'une voix monocorde que la communication venait juste d'être coupée.

Le souvenir de ce petit subterfuge lui serra le cœur. Comme Gavin lui manquait ! Il ne servait à rien de se leurrer davantage... Elle était très malheureuse.

— Je parle à une fille, avoua Danny en rougissant.

— Erica ?

— Non... C'est Mélissa.

Il baissa les yeux et lui tendit à contrecœur l'appareil. Dori entra dans le placard, écarta les manteaux, puis s'assit par terre. Elle s'était montrée assez capricieuse avec Danny ces jours derniers. Elle espérait par ce geste de complicité, se faire pardonner ses sautes d'humeur.

Manifestement amusé par l'attitude de sa mère, Danny referma la porte. Ils se retrouvèrent côte à côte dans une pénombre amicale.

— Hello, Mélissa, murmura Dori. Comment vas-tu ?

— Bien, répondit la fillette avec une ombre de gravité. Enfin, je crois.

— Comment cela « je crois » ? C'est bientôt Noël. Il va se passer des tas de choses agréables. Une jeune fille comme toi ne devrait pas avoir le moindre souci.

— Oui, je sais.

Mélissa semblait mélancolique, pourtant Dori n'osait pas être trop indiscrète. Pour tout ce qui avait trait à Gavin, elle se sentait particulièrement vulnérable. Elle éprouvait une grande affection pour Mélissa, mais c'était la fille de l'homme qu'elle aimait, par qui elle souffrait.

Dans son coin, Danny poussait de profonds soupirs, comme pour capter son attention.

— Excuse-moi une minute, Mélissa, Danny semble avoir quelque chose d'important à me dire.

Elle avait placé sa main sur le récepteur et regardait son fils d'un air interrogateur.

— Oui, Danny ?

— Mélissa doit participer à une présentation de mode dans son école. Les mères sont invitées, elle ne sait pas qui amener.

Dori hocha la tête avec compréhension puis s'adressa de nouveau à la fillette.

— Danny m'annonce qu'il va y avoir une présentation de mode dans ton école.

— Ma classe doit défiler. J'ai cousu ma robe, elle est presque aussi jolie que celle que vous m'aviez aidée à acheter. Le professeur m'a décerné un A.

— Félicitations. Tu as sans doute réalisé un excellent travail pour mériter une si bonne note.

Dori savait d'avance ce qui allait suivre. Elle craignait cependant d'être obligée de refuser. Etant donné ses relations avec Gavin, elle se voyait mal accompagner Mélissa dans une telle réunion.

— Je l'ai merveilleusement réussie, reconnut Mélissa avec un délicieux manque de modestie. Je n'ai jamais rien fait de plus beau. Réellement. J'ai seulement dû défaire quatre fois de suite la ceinture, j'avais cousu la fermeture Eclair à l'envers. J'étais furieuse d'avoir été si distraite. C'est très désagréable de recommencer.

Elle interrompit un instant son charmant babillage, puis dans un élan, elle implora :

— Voulez-vous venir et faire semblant d'être ma mère ? Je vous en prie, Dori, vous voulez bien ? Tout le monde aura sa mère dans l'assistance, sauf moi.

— Oh, Mélissa, souffla Dori désemparée, vraiment, je ne sais pas.

Elle était bouleversée de devoir ainsi se dérober, mais Gavin risquait de mal interpréter sa présence. Il ne verrait probablement dans ce geste de pure gentillesse qu'une manœuvre d'intrigante.

— Dori, s'il vous plaît, insista Mélissa. Je ne vous demanderai plus jamais rien. J'ai besoin d'une mère d'emprunt juste pour un soir. Pour la présentation de mode...

Emue, Dori se sentit incapable de résister à une telle requête. Elle faillit suggérer à Mélissa de faire appel à Lainey, puis elle se souvint de la vive antipathie qu'avait manifesté la fillette à l'égard de la jeune femme. En dépit de ses hésitations, elle résolut d'accepter.

— Je viendrai à deux conditions, dit-elle.

— Tout ce que vous voulez !

— D'abord, tu ne devras pas prétendre que je suis ta mère. Ce serait malhonnête. Malgré mon désir d'avoir une fille comme toi, Mélissa, je ne serai jamais ta mère.

— D'accord, acquiesça Mélissa avec une ombre de déception. Quoi d'autre ?

— Je ne veux pas que ton père soit au courant. Tu as compris ?

— C'est facile. Il n'aura pas à le savoir. Tout se passe

à l'école, et il n'y vient jamais pendant la semaine. Je vous promets de ne pas lui dire.

— Alors donne-moi la date et l'heure.

— Lundi prochain à dix-neuf heures trente. Puis-je parler à Danny maintenant ?

— Bien sûr.

Dori tendit l'appareil à son fils. Elle se remit debout avec maladresse, en se cognant la tête contre la tringle tendue en travers du placard. Elle ouvrit la porte et sortit avec précaution. Quelques minutes plus tard, Danny la rejoignait dans la cuisine.

— C'est vraiment gentil de ta part, maman, déclara-t-il d'un ton sentencieux.

— Je suis heureuse de faire cela pour Mélissa. C'est une jeune personne tout à fait étonnante.

— Elle s'inquiétait beaucoup pour cette présentation de mode. Je trouvais pénible de ne pas avoir de papa, mais je me rends compte qu'il est tout aussi difficile de ne pas avoir de maman.

Et pas de mari, songea Dori.

— J'en suis sûre, dit-elle doucement. Si tu mettais le couvert, maintenant ?

— Qu'avons-nous pour dîner ?

Dori jeta un coup d'œil incertain aux hamburgers en train de griller dangereusement. Elle haussa les épaules.

— Je ne sais pas encore...

— Oh, je vois ! Un de ces fameux repas ! s'exclama Danny d'un air malicieux.

Le vendredi matin, Dori oublia l'heure du réveil. Danny vint la secouer avec près de vingt minutes de retard.

— Maman ! Nous devrions être debout, je crois ! Nous ne sommes pas samedi, n'est-ce pas ?

Dori ouvrit un œil hagard, regarda le réveil, et rejeta d'un geste brusque les couvertures.

— Dépêche-toi de t'habiller. Nous sommes en retard.

Elle se précipita pour se doucher en un temps record. Elle réussit l'exploit de se brosser les dents d'une main tout en se séchant les cheveux de l'autre, et sortit de la salle de bains la crinière en bataille et son chemisier taché de dentifrice.

— Puis-je acheter mon déjeuner, aujourd'hui ? proposa Danny.

— Oui, acquiesça-t-elle, soulagée. Prends un dollar dans mon sac.

— Tu n'as qu'un billet de dix dollars, dit-il en brandissant son porte-monnaie.

— Ah... Et ta tirelire ?

— Mais maman...

— C'est un emprunt, Danny. Je te rembourserai plus tard.

— D'accord, murmura-t-il avec l'amabilité d'un usurier grincheux.

— Dépêche-toi maintenant. Je vais sortir la voiture du garage.

Dori attendait en faisant chauffer le moteur. Danny surgit en toute hâte, referma la porte et grimpa à côté d'elle.

— J'ai pris un dollar dans ma tirelire.

— Bien.

Dori concentra son attention sur le trafic, qui était dense à cette heure de la matinée.

— Maman hasarda Danny au bout d'un instant. A propos de ce dollar...

— Bonté divine, Danny ! Je te rembourserai ce soir. Cesse de te tourmenter avec cela !

— Mais je vais en avoir besoin. C'est bientôt Noël, je n'ai pas les moyens d'être trop généreux.

Ils stoppèrent à un feu rouge. Médusée, Dori se retourna pour regarder son fils.

— Te rends-tu compte de ce que tu dis ?

— Oui ! Je veux récupérer mon argent.

Dori ne parvenait pas à le croire. Son fils n'avait pas les moyens d'être généreux parce que c'était Noël ! Noël, cette fête d'amour et de bonté ! Elle se mit à pouffer en lui adressant une mimique malicieuse, puis elle éclata d'un rire joyeux. L'ironie involontaire de cette déclaration la ravissait. Elle tendit la main pour étreindre l'épaule de Danny.

— Merci, lança-t-elle avec une mine réjouie. J'avais grand besoin de cela.

— Ce n'est pas si drôle ! protesta Danny.

Mais il riait aussi. Soudain, il se figea, l'œil rond.

— Maman, regarde ! C'est M. Parker, là dans la voiture juste à côté !

Dori jeta un bref regard sur l'Audi, arrêtée à sa droite. Son rire s'évanouit quand elle reconnut Gavin. Il ne les avait pas vus, ou feignait de ne pas les voir. Puis tout à coup, il se tourna vers elle, la fixant de ses yeux sombres. Le cœur de Dori battait à tout rompre. En un éclair, elle vit passer sur son visage la tendresse, le regret, le chagrin même. Elle voulut lui sourire, lui dire combien il lui manquait, savoir comment il allait. Mille autres pensées confuses l'assaillirent en même temps. Puis un klaxon impatient retentit derrière elle. Le feu était passé au vert, elle bloquait la circulation. Elle appuya sur l'accélérateur et démarra rapidement.

— C'était bien M. Parker, n'est-ce pas ? demanda Danny.

— Oui.

Elle avait la gorge serrée. Toute joie envolée, elle éprouvait maintenant l'envie irrésistible de fondre en larmes. Elle entrevit une dernière fois dans son rétroviseur le visage impassible de Gavin. Il n'avait pas fait un geste, comme si leur rencontre était banale. Il n'avait rien manifesté, hormis cette tristesse trahie par son regard. Peut-être l'avait-elle mal compris, mal jugé depuis le début ? Mais Dori refusait de se bercer d'illusions. Elle devait étouffer ses émotions, pour ne pas souffrir davantage.

Le samedi et le dimanche s'écoulèrent dans une sorte d'attente vague. Dori espérait secrètement un appel de Gavin, qui ne vint pas. Elle aurait dû mieux le connaître pourtant. Gavin Parker agissait toujours à sa guise, même si cela était douloureux, et elle l'aimait comme il était. Si un jour il admettait son amour pour elle, elle n'aurait plus jamais à douter. Lorsqu'il aimait, c'était d'un amour absolu et durable, elle le savait.

Le seul intermède agréable de ce mélancolique week-end fut un appel de Mélissa. La fillette voulait s'assurer de la présence de Dori à la présentation de mode. Au hasard de la conversation, elle fit allusion à un voyage de son père à Los Angeles pour un reportage. L'attente de Dori avait donc été tout à fait vaine.

Le lundi soir, Dori revêtit un sobre tailleur gris rayé de noir et un chemisier de soie blanche. Elle égaya cette tenue d'une discrète élégance par un nœud papillon rouge vif.

Par pure amitié, Danny s'était résigné à subir l'humiliation de la baby-sitter. Il ne s'était toutefois pas privé de souligner l'importance de son sacrifice.

Une bruine légère tombait quand Dori se gara sur le parking de l'école. Elle fut surprise du nombre de voitures déjà stationnées. Elle avait soupçonné Mélissa d'exagérer dans son rôle éploré de fille sans mère. Après tout, il s'agissait d'un pensionnat, toutes les mères ne pouvaient pas forcément être présentes.

Mélissa l'attendait sur le seuil de la porte. Un sourire illumina son jeune visage dès qu'elle aperçut Dori. Elle se précipita à sa rencontre pour l'embrasser, puis lui tendit un programme des réjouissances.

— Est-ce là la fameuse création de Mélissa Parker ? demanda Dori en regardant la tenue de la fillette.

La robe était en velours côtelé d'un bleu éclatant ;

Mélissa la portait sur un chemisier à ruchés. Avec un sourire épanoui, elle virevolta sur elle-même en relevant les pans de la jupe.

— Elle vous plaît ?

— Je la trouve très réussie.

— Moi aussi ! Bien sûr, je n'ai pas confectionné le chemisier, vous l'aviez sans doute deviné.

— Tu es magnifique.

Elles entrèrent dans une vaste salle équipée de sièges pliants. Mélissa entraîna Dori jusqu'au bas de l'allée centrale.

— Je dois vous installer ici.

Dori jeta un coup d'œil alentour. Il y avait très peu de mères assises, et tous ces sièges sur le devant semblaient réservés.

— Où vas-tu ? dit-elle, voyant que Mélissa s'apprêtait à la laisser.

— Dans les coulisses. Je reviendrai plus tard.

Elle fit mine de s'éloigner, puis se ravisa brusquement.

— La chorale va chanter, pour commencer. Elles ne sont pas très douées, mais je vous en prie, applaudissez-les.

— Je n'y manquerai pas, affirma Dori avec un effort pour garder son sérieux. Je suppose que tu ne chantes pas ?

— Seulement quand je veux taquiner Sœur Hélène.

— Eh bien, à tout à l'heure, dit Dori en riant.

Quelques minutes plus tard, une jeune femme s'assit près de Dori. Elles engagèrent une aimable conversation. Par souci de vérité, Dori se présenta comme une amie de la famille Parker ; elle eut malgré tout l'impression d'enjoliver un peu la situation.

La soirée débuta par la présentation du personnel de l'école. Puis ce fut le tour de la chorale. Après une série de chansons, Dori applaudit poliment comme promis. Mélissa n'avait peut-être pas l'oreille très musicale, mais son appréciation était assez juste. Les applaudissements furent cependant chaleureux.

Enfin, une jeune fille de l'âge de Mélissa s'approcha du micro. Très intimidée, elle annonça le défilé de mode d'une voix tremblante.

Mélissa présentait le quatrième modèle. Dans sa robe bleue, elle descendit l'allée centrale avec une grâce naturelle, tenant sa jupe d'une main. Elle fit halte devant Dori pour exhiber les points réguliers de son ourlet. Les mères de l'assistance jugèrent ce geste charmant et les rires fusèrent.

A l'issue du défilé, la directrice, Sœur Hélène apparut pour proclamer les noms des élèves citées au tableau d'honneur du semestre. Chaque mère était conviée à rejoindre sa fille à l'appel de son nom.

Lorsque celui de Mélissa fut prononcé, la fillette s'avança et lança un regard implorant vers Dori. Le cœur battant, celle-ci se leva pour aller se placer derrière elle. Elle remarqua à cet instant que toutes les mères des élèves citées venaient des premiers rangs. Mélissa l'avait donc installée là à dessein. Dori aurait préféré être prévenue, mais cela n'avait plus guère d'importance maintenant.

Elle sourit avec fierté avant de poser ses mains sur les épaules de Mélissa.

— Peu importe que tu ne sois pas ma fille, murmura-t-elle à son oreille. Je suis très fière de toi.

Mélissa se tourna vers elle avec un petit visage mélancolique.

— J'aimerais que vous soyez ma mère.

— Je sais, répondit doucement Dori, la gorge serrée d'émotion.

Elle se découvrit une subite envie de pleurer. Les derniers noms furent proclamés, salués par des applaudissements.

— Et maintenant ? chuchota Dori.

— Vous retournez vous asseoir, et je vous apporte

une tasse de thé avec des biscuits confectionnés par notre classe. Ils sont très bons... je crois... J'ai choisi la couture... pas la cuisine. Je vous rejoins dans un instant.

— Très bien.

Dori s'assit, croisa ses jambes fines et, pour tromper son attente, relut encore une fois le programme. Son regard se posa sur le nom de Mélissa. Elle n'était pas loin d'aimer cette enfant comme la fille qu'elle n'avait pas eue... et n'aurait jamais...

— Cette petite comédie vous amuse, n'est-ce pas ?

Elle sursauta à la voix de Gavin. Bouleversée, elle le vit s'installer sur une chaise à côté d'elle. Ces paroles acerbes lui firent mal. Elle se pencha pour ramasser le programme qu'elle avait laissé tomber, prise d'un léger vertige. Quand elle se redressa, elle arborait un sourire contraint, luttant pour garder son calme.

— Bonjour, Gavin ! lança-t-elle le souffle court. Qu'est-ce qui vous amène ici ?

— *Ma* fille !

Il mettait volontairement l'accent sur le possessif, pour bien lui rappeler qu'elle était une intruse.

— Mélissa m'a invitée, tenta d'expliquer Dori. C'est une présentation de mode mère-fille.

Elle prit immédiatement conscience de son erreur.

— Vous n'êtes pas sa mère, riposta Gavin d'un ton glacial.

— Non, et je n'ai pas non plus prétendu l'être.

— Je vous ai pourtant vue vous précipiter à l'appel de son nom.

— Que devais-je faire, selon vous ? murmura-t-elle exaspérée. Rester assise sans bouger sous les regards implorants de cette enfant ?

— Oui ! lança-t-il d'une voix contenue. Espérez-vous me récupérer par le biais d'une amitié avec ma fille ? Vous vous trompez. Je vous ai demandé du temps, vous ne me l'accordez pas. Ecoutez, Dori, ce n'est pas facile pour moi... Votre venue ici ce soir rend les choses impossibles.

Dori laissa échapper un profond soupir de lassitude. Gavin n'aurait pas pu trouver de pire explication à sa présence. Peut-être cherchait-il une bonne raison de la détester. Il en avait une désormais.

— J'ai rencontré une quantité de femmes décidées à saper mon indépendance, reprit-il avec dureté, mais vous êtes la plus dangereuse. Vous connaissez mon amour pour ma fille, vous savez qu'elle est mon point faible.

Dori se leva, incapable de supporter plus longtemps ses sarcasmes.

— Vous n'avez rien compris, Gavin. Mélissa est au contraire votre plus grande force. Vous êtes trop égoïste, trop entêté, trop arrogant pour voir l'évidence.

— Dori, qu'est-ce qui ne va pas ?

Mélissa arrivait, tenant avec précaution une tasse de thé fumant et une assiette de biscuits. Dori prit la fragile tasse, puis ne sachant qu'en faire, elle la tendit à Gavin. Après tout, s'il voulait vraiment assumer le rôle de mère, il n'avait qu'à boire ce thé insipide et déguster ces biscuits rassis. Mélissa semblait médusée. Elle se tourna vers Dori d'un air accablé.

— Je ne lui ai rien dit, je vous le jure.

— Je sais, murmura Dori.

— Que fais-tu ici, papa ? reprit la fillette. Je ne t'ai pas parlé de cette soirée... C'est pour les mères et...

Dans sa hâte, elle bafouillait, fixant sur son père de grands yeux effarés.

— Asseyez-vous toutes les deux, ordonna Gavin.

Elles obéirent sans discuter. Dori se sentait comme une enfant prise en faute, mais refusait de céder à cette impression. Elle était là par pure gentillesse. Elle avait répondu à la demande émouvante d'une petite fille qui souhaitait simplement ressembler aux autres. Dori n'était venue que pour faire plaisir à Mélissa, pas du tout dans l'obscur dessein d'attirer son père. Au contraire même, la pensée de Gavin avait bien failli la décourager.

— Vous feriez mieux de vous expliquer, jeta-t-il d'un ton brusque.

— Je vous ai déjà donné tous les détails, répondit-elle. Mais vous avez votre manière d'interpréter les choses.

— Papa, intervint alors Mélissa. Que fais-tu ici ? Ce n'est pas la place des pères... Tu es le seul homme.

— L'école m'a envoyé un avis pour la présentation de mode, dit-il en hésitant. J'ai tout de même le droit de venir voir ma fille quand bon me semble.

— Mais cela ne vous donne pas le droit de m'infliger ce genre de réflexion, constata Dori.

Leurs voisines commençaient à leur jeter des regards furtifs. Gavin haussa les sourcils d'un air contrarié.

— Mélissa, va chercher une autre tassé de thé pour Dori, s'il te plaît.

— Mais papa...

— Fais ce que je te dis.

Mélissa se leva à contrecœur.

— Je reviens dans deux minutes... Peut-être préférez-vous du café, Dori ?

— Cela m'est égal, répondit celle-ci avec un clin d'œil rassurant.

Elle n'avait de toute façon pas la moindre envie de boire quoi que ce soit. Gavin attendit que sa fille soit hors de portée de voix pour lancer l'offensive.

— Cette situation est devenue insupportable, dit-il d'un ton accusateur. Nous avons passé de bons moments, mais c'est fini. Vous avez enfreint les règles. Il ne servirait à rien d'insister, les enfants en souffriraient. D'ailleurs, je fréquente désormais quelqu'un d'autre. Mélissa fera bientôt sa connaissance.

Dori s'appuya contre le dossier de sa chaise. Elle en avait le souffle coupé. Elle s'étonnait de parvenir à rester si impassible quand son cœur battait douloureusement. Au fond, elle s'attendait à quelque chose de ce genre.

— Je vous crois sans peine, affirma-t-elle. Je suis seulement surprise que vous ayez mis tant de temps. Je vous fait peur, Gavin, et vous vous esquivez le plus vite possible. Vous avez sans doute rencontré bon nombre de blondes évaporées dans la semaine.

— Vous êtes persuadée de bien me connaître, répliqua-t-il avec froideur. Vous vous trompez ! Après notre aventure, je suis enfin revenu à la maison. Il était temps !

Dori avait le sentiment de voir le monde s'écrouler. Pourtant, elle demeurait tranquillement assise, sans rien laisser paraître de son émotion. Contre toute évidence, elle continuait d'espérer. Elle savait Gavin assez entêté pour nier son amour toute sa vie. Mais elle continuait d'espérer ! Un jour, peut-être, il finirait par admettre qu'il l'aimait.

— Si vous vouliez me scandaliser avec vos conquêtes, vous risquez d'être déçu. Je vous connais trop bien.

— Vous ne me connaissez pas du tout ! protesta-t-il.

— Depuis le début, je vous ai trouvé facile à deviner, Gavin Parker. Vous m'aimez. Vous ne le savez peut-être pas encore, mais un jour, vous le reconnaîtrez. Rencontrez toutes les blondes que vous voulez. Quand vous les embrasserez, quand vous les tiendrez dans vos bras, vous songerez à mes lèvres et à mon corps. C'est ainsi, vous n'y pouvez rien !

— Si quelqu'un est amoureux ici, c'est vous.

Il lançait cela comme une accusation. Dori lui adressa un sourire triste.

— Oui, j'avoue que je vous aime, vous et Mélissa.

— Je vous avais dit de ne pas tomber amoureuse de moi, reprit-il avec amertume. Je vous ai prévenue dès le début de ne pas rêver au mariage. Les femmes n'ont donc pas d'autre idée en tête !

— C'est vrai, vous m'avez prévenue et, croyez-moi, je ne suis guère heureuse de n'avoir pas su résister. C'est un véritable tourment d'aimer quelqu'un d'aussi obstiné, d'aussi traumatisé par son passé. Je ne sais pas, je ne veux pas savoir ce que vous avez subi avec Deirdre. Mais vous ne parvenez pas à oublier, vous portez votre chagrin comme un bouclier.

— J'en ai assez entendu ! jeta-t-il d'un ton cinglant.

Dori baissa les yeux pour masquer ses larmes. Elle se refusait à lui montrer son désarroi.

— Si vous avez rencontré quelqu'un d'autre, alors je vous souhaite d'être heureux. Je vous le souhaite de tout cœur, mais je doute que vous réussissiez. Vous êtes trop dur, Gavin, trop égoïste. Je suis désolée d'avoir tout gâché. Avec quelqu'un de moins vulnérable que moi, cela aurait pu marcher... Au revoir, Gavin... et bonne chance.

Il évitait son regard et restait de glace. Il allait laisser Dori s'en aller sans un mot, sans un geste pour la retenir. Pourtant elle était convaincue de l'avoir touché.

— Vous ne partez pas, n'est-ce pas? Je vous ai apporté votre thé.

Mélissa surgissait avec une tasse qu'elle déposa avec précaution sur la chaise. Dans un élan de tendresse, Dori repoussa les méches de cheveux rebelles sur le front de la fillette et l'embrassa. Elle ne reverrait pas Mélissa. Cette soirée avait été une terrible erreur.

— Je ne peux pas rester plus longtemps, murmura-t-elle. Au revoir...

Mélissa s'accrocha à elle. Elle ne comprenait manifestement pas ce qui avait pu se passer.

— Dori, implora-t-elle, s'il vous plaît... Ne partez pas... Je promets...

— Laisse-la s'en aller, jeta Gavin d'un ton sec.

Aussitôt Mélissa laissa retomber ses mains. Elle recula d'un pas, l'air atterré. Dori sentit de nouveau ses yeux s'emplir de larmes. Elle sortit en toute hâte de la salle, un sourire forcé plaqué sur le visage. Une fois dehors, elle se mit à courir, heureuse d'être à l'abri de l'obscurité. Elle avait un besoin désespéré d'être seule.

Elle pénétra dans son garage, coupa le moteur, et resta assise, les mains crispées sur le volant. Elle devait à tout prix se ressaisir, retrouver un semblant de calme. Un coup d'œil à sa montre la rassura quelque peu. A cette heure, Danny était au lit et, elle l'espérait, endormi.

La baby-sitter regarda avec curiosité le visage empourpré de Dori, mais elle ne posa aucune question.

— Il y a eu un appel pour vous, dit-elle simplement en partant. J'ai noté le message.

Dori entra dans la cuisine. Elle sourit en voyant le nom et le numéro soigneusement inscrits sur le bloc. Elle prit aussitôt le téléphone. Elle devait refouler ce chagrin absurde qui lui serrait la gorge.

Il répondit à la troisième sonnerie.

— Bonjour, Tom. C'est Dori Robertson.

— Bonjour, Dori, dit-il d'un ton embarrassé. J'espère ne pas vous déranger.

— Pas du tout. J'ai dû assister à une réunion scolaire pour rendre service à un ami. Je viens tout juste de rentrer.

— Comment allez-vous ?

— Très bien, murmura-t-elle d'une voix mal assurée. Je me prépare pour les achats de Noël. Danny a élaboré une liste interminable.

— Aimeriez-vous un peu de compagnie ? Je veux dire... je comprendrai si vous refusez... étant donné mon comportement à l'égard de Paula...

Tom bredouillait, il en était attendrissant. Dori compatissait à sa solitude, à son désarroi.

— Vous n'avez pas encore réussi à arranger les choses entre vous, je suppose ?

— Pas encore, soupira-t-il. A propos des cadeaux, je serais content d'avoir vos conseils.

— Bien volontiers, Tom.

— Je sais que vous avez beaucoup fréquenté cet ancien joueur de football.

— Je ne le reverrai plus, dit-elle en refoulant un sanglot.

— Alors un soir de cette semaine ?

— D'accord.

Elle raccrocha après un vague au revoir. Adossée au mur, elle luttait pour ne pas pleurer. Elle se comportait d'une manière ridicule. Elle connaissait les risques depuis le début. Il était trop tard pour se lamenter.

Elle s'essuya les yeux d'un geste rageur. Elle aperçut alors Danny, debout dans l'encadrement de la porte, qui la contemplait.

— Oh, maman, dit-il doucement.

10

Danny était assis à la table de la cuisine, occupé à glacer les bonshommes de pain d'épice. Il ajouta ensuite des raisins secs pour marquer les yeux. Il s'activait en silence, l'air pensif.

— Tu sais, maman, dit-il brusquement, je n'aime plus M. Parker. Mélissa non plus. Je la trouvais plutôt bien pour une fille, mais je me trompais.

— En réalité, Danny, nous les aimons tous les deux beaucoup. Prétendre le contraire serait mentir.

Danny était sombre et triste depuis plusieurs jours. Après la fameuse présentation de mode, Dori avait eu avec lui une longue conversation. Elle lui avait expliqué qu'ils ne reverraient ni Gavin ni Mélissa. A sa grande surprise, il n'avait pas émis la moindre protestation.

— Je n'aime pas ceux qui font pleurer ma maman, insista-t-il.

— Je ne pleure plus, observa-t-elle doucement.

C'était vrai. Il ne lui restait que des regrets. Danny lécha avec application ses doigts couverts de sucre, puis se mit à examiner la liste affichée sur la porte du réfrigérateur.

— Dans combien de temps recommencerons-nous à chercher un nouveau père ?

Dori sortit les biscuits du four avant de se décider à répondre.

— Bientôt...

Elle émergeait peu à peu de son chagrin. Rencontrer des gens lui serait sans doute salutaire. Il y avait toutefois un problème... Elle ne voulait et n'aimait que Gavin.

Elle vit Danny décrocher la liste, la poser sur la table et prendre un stylo. Il commença à écrire avec ardeur. Dori essuya ses mains pleines de farine sur son tablier, puis se pencha pour lire par-dessus son épaule.

— J'ajoute une condition, expliqua-t-il. Je veux un nouveau père qui ne fera pas pleurer ma maman.

— C'est très gentil à toi, mais vois-tu, Danny, les larmes peuvent signifier plusieurs choses. Il y a les larmes de chagrin, de bonheur, de colère même. Il est parfois bon et nécessaire de pleurer.

Elle ne tenait pas à souligner la raison de ses propres larmes. Elle avait pleuré par amour pour Gavin, par désespoir de l'avoir perdu.

— D'ailleurs, M. Parker n'était pas un très bon joueur de football, lança Danny.

— Il était formidable, riposta Dori. Tu le sais parfaitement.

— J'ai jeté ses photos et son autographe.

Il prononça ces paroles avec une désinvolture affectée, comme si ce geste n'avait été pour lui qu'une pécadille. Mais sa mère n'était pas dupe. Elle avait trouvé toute sa collection de trésors au fond de la poubelle. Elle avait soigneusement récupéré les photographies, l'autographe, le programme du match des Seahawks auquel il avait assisté en compagnie de Gavin. Il regretterait plus tard de s'être débarrassé de tout cela. Pour l'instant, il était blessé, furieux. Il serait content le jour où elle lui rendrait ses souvenirs. Il pourrait ainsi les exhiber devant ses nouveaux camarades de collège.

— Voudrais-tu aller chercher le courrier pendant que les biscuits refroidissent ?

— Bien sûr, maman.

Danny était toujours très sage durant le mois de décembre, comme la plupart des enfants. Cette année pourtant, il était si affectueux qu'elle s'en inquiétait presque. Pas une seule fois il ne l'avait harcelée à propos de ses cadeaux de Noël. Il n'avait pas non plus fait allusion à l'histoire du nouveau père avant aujourd'hui.

Le téléphone sonna au moment où il faisait irruption dans la cuisine avec le courrier. Hors d'haleine, il prit l'appareil. Au bout de quelques minutes, il se tourna vers Dori.

— Maman, c'est Jon ! Il m'invite à venir jouer. Il est très excité parce que son père revient. Ils vont redevenir une vraie famille !

— C'est merveilleux ! J'en suis très heureuse pour eux.

Dori n'était guère étonnée de cette nouvelle. Tom avait mis tant de soin à choisir les cadeaux de sa femme ! Elle avait deviné sans peine combien il aimait sa famille. Il n'avait jamais évoqué le motif de leur séparation, et Dori n'avait posé aucune question. Elle était simplement contente d'apprendre qu'ils avaient enfin résolu leurs problèmes. Pouvait-elle espérer pour elle un bonheur semblable ? Gavin finirait-il par admettre son amour ? Aucun homme ne pouvait être aussi tendre avec une femme pour ensuite la rejeter sans le moindre regret...

— Puis-je y aller ? demanda Danny. Je terminerai la décoration des biscuits plus tard.

— Ne t'inquiète pas pour cela, je le ferai. Va et amuse-toi bien !

— Merci, maman !

Il lui envoya un baiser de la main avant de s'esquiver. Depuis quelques temps, il faisait ce geste au lieu de l'embrasser vraiment. Danny grandissait, Dori devait apprendre à l'accepter.

— Reviens dans une heure ! lança-t-elle.

La porte de derrière claquait déjà. Dori soupira, mélancolique. Elle avait toujours pensé à Brad en regardant Danny. Désormais, elle devait le considérer comme un être unique, indépendant.

Pour ne pas céder à la tristesse, elle s'empara de la pile de courrier. Il s'agissait surtout de factures et de cartes de Noël. Elle emporta le tout au salon et s'installa confortablement sur le canapé.

La première enveloppe portait au dos une adresse indistincte. Elle l'ouvrit avec curiosité. Elle découvrit une lettre écrite sur du papier d'écolier et signée de Mélissa. Elle fut bouleversée dès les premiers mots.

Chère Dori,

Je voulais vous écrire pour vous remercier d'être venue à la présentation de mode. L'arrivée de papa a été une réelle surprise. Je ne lui avais parlé de rien, comme promis. Je vous supplie de me croire.

Papa m'a demandé de ne plus vous déranger, alors j'obéirai. Ce sera difficile, parce que je vous aime beaucoup. Deirdre est ma vraie mère, je le sais, mais je ne parviens pas à la considérer comme telle. Je ne crois pas qu'elle soit très heureuse d'être mère. Pour moi, une mère, c'est quelqu'un comme vous. Quelqu'un qui fait ses achats au supermarché en lançant les oranges dans le caddy. Quelqu'un qui me laisse essayer son maquillage ou son parfum, même si j'en utilise trop. Pour la première fois de ma vie, j'ai vu ce qu'était une véritable mère. Merci de m'avoir montré comment aimer mes enfants.

Je regrette que les choses ne se soient pas arrangées entre papa et vous. Je suis triste de ne plus être autorisée à vous voir. Je ne crois même pas être censée vous écrire, mais Sœur Hélène me l'a permis pour vous remercier. Je lui ai promis de ne pas m'inscrire à la chorale l'année prochaine. Juste pour plaisanter !

Papa refuse de m'entendre parler de vous ou de Danny. Il n'a guère de temps à me consacrer en ce moment et c'est très bien ainsi. Je suis furieuse contre lui, de toute façon.

J'aimerais penser à vous comme à ma mère, Dori, mais c'est impossible ; cela me donne chaque fois envie de pleurer. Vous m'avez dit un jour combien vous désiriez une fille. J'aurais vraiment voulu être la vôtre.

votre presque fille
Mélissa

Les yeux voilés de larmes, Dori replia la lettre et la remit dans l'enveloppe. Elle aurait préféré ne jamais connaître ce douloureux sentiment d'impuissance, de chagrin, à cause d'un homme incapable de s'engager. Pourtant elle était seule fautive. Il l'avait prévenue de ne pas tomber amoureuse de lui. Simplement il n'avait pas songé à sa fille. Or Dori aimait Mélissa de tout son cœur. Maintenant, quatre personnes allaient affronter Noël avec tristesse.

Peu importait la réaction de Gavin, Dori allait répondre à cette lettre. Dans quelques mois peut-être, quand les émotions seraient apaisées, elle rendrait visite à l'enfant dans son école. Elles passeraient la journée ensemble.

Son regard se posa sur le sapin de Noël gaiement décoré. Noël était un moment de joie et de bonheur pour la plupart des gens. Ce ne serait pas le cas cette année pour Dori et son fils. Dans un élan de détresse, elle étreignit le lion empaillé offert par Gavin, enfouit comme une enfant son visage dans la douce fourrure. Les souvenirs étaient longs à mourir...

Une fois calmée, elle prit du papier à lettres pour répondre à Mélissa.

Très chère Mélissa

Merci pour ton adorable lettre. Elle m'a beaucoup réconfortée. Je sais très bien que tu n'avais pas parlé à ton père de la présentation de mode, alors ne crois surtout pas que je t'en veuille pour cela.

Je t'en prie, ne sois pas fâchée contre ton père. Il a plus que jamais besoin de toi. Il t'aime, tu ne dois jamais en douter. Je m'inquiète pour lui, moi aussi, et tu devras l'aimer pour nous deux. Sois patiente avec lui.

Plus tard, après les vacances, si sœur Hélène le permet, je viendrai passer une journée avec toi. En attendant, travaille bien et continue à coudre. Tu as du talent dans ce domaine, en particulier pour les ourlets !

Tu garderas toujours une place privilégiée dans mon cœur, Mélissa. Puisque je ne peux pas être ta mère, je désire au moins être ton amie.

Tendresses
Dori

Aucune lettre ne pourrait jamais exprimer l'amour qu'elle éprouvait pour cette fillette, mais elle se sentit un peu consolée de l'avoir écrite.

Heureusement, le mois de décembre était une période très animée. Dori et son fils furent constamment occupés à de multiples activités. Les soirées parurent moins longues, moins vides.

Pourtant, même en compagnie de sa famille, de ses amis, Dori se sentait très seule. C'était comme si elle avait perdu une partie d'elle-même... son cœur. Elle l'avait donné à Gavin. Elle vivait désormais dans une sorte d'apathie. Elle avait cru pouvoir reprendre le cours de sa vie comme si rien ne s'était passé. Elle découvrait qu'il lui faudrait en réalité beaucoup de temps pour recouvrer son équilibre. Mais elle réussirait...

Deux jours avant Noël, au cours du dîner, Danny s'éclaircit la voix comme pour faire une déclaration de la plus haute importance.

— Maman, sais-tu que nous sommes la veille de la veillée de Noël ?

— Tu as raison, répondit-elle avec toute la gravité due à une telle découverte.

— Alors j'ai pensé que je pourrais peut-être ouvrir l'un de mes cadeaux.

— Pas avant le matin de Noël ! lança-t-elle sans hésiter. L'attente fait partie du plaisir.

— Maman ! Je déteste attendre. Juste un, s'il te plaît ?

Dori le regarda de telle manière qu'il renonça à insister.

— Irons-nous encore chez grand-père et grand-mère cette année ? demanda-t-il soudain.

Ils y allaient chaque année, il connaissait donc d'avance la réponse à sa question.

— Oui, comme l'année dernière, l'année d'avant et l'année d'avant et... dit sa mère d'un ton faussement enjoué.

Elle vit une ombre de tristesse paser sur le visage enfantin.

— Je vois... murmura-t-il. Reverrons-nous jamais M. Parker et Mélissa ?

Dori tressaillit. Elle n'avait pas cessé d'espérer. Chaque minute de chaque jour, elle espérait, mais elle ne pouvait pas le lui dire. Elle s'efforça de sourire.

— Je ne sais pas... Pourquoi demandes-tu cela ?

— Pour rien ! Je trouve cela injuste de ne plus les voir.

— Moi aussi, souffla-t-elle la gorge serrée.

Danny repoussa son assiette à moitié pleine.

— Puis-je sortir de table, maman ? Je n'ai plus faim.

— Bien sûr.

Elle n'avait guère d'appétit non plus d'ailleurs. Ils étaient tout deux comme des âmes en peine. Danny porta les couverts dans l'évier, puis se tourna vers elle.

— Dois-tu vraiment aller travailler demain ?

— Juste le matin. Si tu veux, tu peux rester à la maison.

Danny était assez grand désormais pour être laissé seul quelques heures. D'habitude, il préférait la compagnie, mais il dormirait sans doute tard le lendemain, et il pourrait toujours regarder la télévision jusqu'à son retour.

— Tu veux bien ? dit-il avec empressement. Je serai sage, je ne laisserai entrer personne.
— Je sais.

Pourtant le lendemain matin, Dori ne se sentit pas très tranquille. Elle téléphona deux fois à Danny depuis son bureau. Il la rassura, en se plaignant toutefois d'être sans cesse obligé de répondre au téléphone. Sa grand-mère avait également appelé trois fois ! Dori n'osa plus se manifester après cela. Mais dès la fermeture du bureau, elle se précipita au parking dont elle sortit en un temps record. Elle réprima une folle envie d'accélérer pendant tout le trajet. Elle regrettait d'avoir laissé Danny seul une matinée entière, il n'avait pas l'habitude.
La porte du garage était ouverte. Elle rangea sa voiture avec soulagement et se précipita dans la maison.
— Danny ! cria-t-elle. Je suis de retour ! Tout va bien ?
Elle déposa son sac dans le placard du vestibule et pénétra dans le salon. Elle s'arrêta net, bouleversée. Gavin était là. Installé tranquillement dans son salon ! Il fixait sur elle des yeux sombres et attentifs.
Elle restait là, médusée, incapable de bouger, de prononcer une parole. Que faisait-il donc ici ? Elle n'osait s'abandonner au fol espoir qui la submergeait tout à coup.
Elle chercha Danny du regard. Il était perché sur un fauteuil, à côté de Mélissa.
— Salut, maman ! lança-t-il d'un air confus. Je leur ai permis d'entrer. J'ai bien fait, n'est-ce pas ?
— Oui, oui, naturellement...
Elle s'efforçait avec des gestes maladroits de défaire les boutons de son manteau. Elle était heureuse et terrifiée tout à la fois. Elle sentit ses jambes se dérober sous elle et se laissa tomber sur le canapé en face de Gavin.
— C'est une...

Les mots restèrent en suspens. Dori avait la tête vide. Mélissa vint à sa rescousse avec un petit sourire.

— Une surprise, souffla-t-elle.

— Oui...

— Ils nous ont apporté des cadeaux, annonça Danny en désignant un tas de paquets colorés sous le sapin.

— Oh !

Dori avait une étrange sensation d'irréel. Elle n'allait sans doute pas tarder à se réveiller, à découvrir que tout n'était qu'un rêve.

— Merci, murmura-t-elle. Les vôtres sont dans l'autre pièce.

Les yeux toujours fixés sur elle avec une attention passionnée, Gavin esquissa un vague sourire.

— Etiez-vous donc si sûre de nous voir ?

— Non, je n'étais pas sûre, mais j'espérais.

— Danny et Mélissa, jeta alors Gavin, pourquoi n'allez-vous pas jouer dehors pendant que je parle à Dori ?

— Je ne quitte pas ma maman, déclara Danny d'une voix énergique.

Il bondit sur ses pieds et vint s'asseoir près de sa mère. Surprise par cette bizarre attitude, Dori le regarda avec un mélange d'orgueil et d'incrédulité.

Gavin parut désorienté lui aussi. Ses traits se durcirent quand il vit Mélissa le dévisager d'un air effronté.

— Je suis d'accord avec Danny, lança-t-elle sans détours. Nous devons tout entendre.

Dori baissa les yeux pour dissimuler une furieuse envie de rire. Les enfants avaient manifestement la ferme intention de rester, qu'ils soient ou non les bienvenus.

Gavin passa une main hésitante dans ses cheveux. La présence de cet auditoire inattendu l'embarrassait de toute évidence.

— J'ai beaucoup réfléchi à notre accord, commenca-t-il sur un ton de défi. Les choses ne se sont pas déroulées exactement comme prévu, mais...

— Aucun accord ne m'intéresse plus ! coupa aussitôt Dori.

Puis elle regretta de l'avoir interrompu. Pour rien au monde elle ne s'avouerait responsable de leur échec. Elle avait pourtant commis une erreur : celle de tomber amoureuse de Gavin, malgré ses nombreuses mises en garde.

Pendant une minute interminable, il la contempla en silence. Puis il reprit :

— J'espérais, Dori, que vous m'écouteriez avant de tirer des conclusions hâtives.

Dori esquissa un vague geste d'excuse. Le salon ne lui avait jamais semblé aussi petit, ni Gavin aussi grand. Elle se sentait tendue en face de lui. En même temps, elle brûlait du désir fou de se blottir dans ses bras.

— Je suis désolée, murmura-t-elle. Je ne vous interromprai plus.

Gavin se tourna alors vers Danny.

— Ne m'as-tu pas parlé un jour d'une liste des qualités indispensables à un nouveau père ?

— Si ! acquiesça Danny avec vigueur.

— Voudrais-tu me l'apporter ?

Danny se leva et se précipita en trombe dans la cuisine. Il revint avec la liste qu'il tendit à Gavin.

— Voilà ! Je ne sais pas pourquoi vous souhaitez la lire, vous la connaissez déjà.

— Papa désire poser sa candidature, je crois, dit Mélissa l'air triomphant. Nous avons eu une longue conversation tous les deux. Il regrette ce qui s'est passé, et il a décidé...

— Mélissa, coupa Gavin d'un ton uni. Je préférerais parler moi-même.

— D'accord, papa !

La fillette s'adossa aux coussins de son fauteuil avec un soupir d'impatience.

Dori était prise de vertige. Pour se donner une contenance, elle joignit les mains sur ses genoux, arborant une mine circonspecte. Gavin étudiait la liste de Danny.

— Je ne suis peut-être pas très doué comme père, mais...

— Si, papa ! intervint Mélissa. Tu as réellement été très bien.

— Mélissa, je t'en prie ! protesta Gavin.

Il hésitait. Cet homme toujours si sûr de lui semblait en proie à la plus grande confusion.

— Dori, reprit-il, je sais que... accepteriez-vous de m'épouser ?

Le cœur en émoi, Dori ferma les yeux. Elle avait si souvent rêvé d'entendre ces mots !

— Est-ce à dire que vous m'aimez ? dit-elle d'une voix tremblante.

— Oui, répondit-il avec brusquerie.

— A cause des enfants ?

Elle connaissait le pouvoir de Mélissa sur son père. Depuis le début, les deux petits tentaient de les manipuler. Elle ne voulait pas céder à leur volonté sans être aimée pour elle-même.

— Je ne peux pas vivre sans vous. Voilà pourquoi je veux vous épouser, répliqua Gavin d'un ton ferme.

— Alors je serai votre femme.

— Très bien ! Fixons une date. Le plus tôt sera le mieux.

C'était une manière singulièrement abrupte de sceller des fiançailles. Dori songea que s'il ne se hâtait pas de la prendre dans ses bras, elle allait bondir à travers la pièce, à la stupéfaction de tous.

— Je suis navré, déclara alors Danny avec toute l'autorité d'un juge de la Cour Suprême. Vous ne pouvez pas épouser ma maman.

— Comment ? s'écrièrent en chœur Dori, Gavin et Mélissa.

— Si vous lisez ma liste, vous remarquerez une nouvelle condition au bas de la page, précisa Danny d'un ton sévère. Vous avez fait pleurer ma maman et vous pourriez recommencer.

Une expression douloureuse marqua le visage de Gavin.

— Je m'en rends compte, Danny. Je regrette sincèrement le mal que j'ai causé à ta mère. Si vous acceptez tous les deux de m'accorder une seconde chance, je promets de me racheter.

Danny le regarda d'un air soupçonneux. Il semblait peser ses mots avec soin.

— La ferez-vous encore pleurer ?

Gavin dévisageait le petit garçon sans répondre. En les voyant ainsi face à face, Dori ressenti un immense élan de tendresse pour son fils et pour l'homme qui allait devenir son mari.

— J'espère ne plus jamais peiner ta mère, murmura Gavin. Je ne peux cependant pas te promettre qu'elle ne pleurera pas.

— Danny, allons ! s'exclama Mélissa avec fougue. Nous souhaitons tous ce mariage, ne gâche pas tout maintenant !

Danny ne tint pas compte de cette intervention. Il se tourna vers sa mère.

— Eh bien, maman, qu'en penses-tu ?

Le regard de Dori croisa celui de Gavin. Elle découvrit au fond de ses yeux sombres un amour fervent qui lui fit battre le cœur.

— Oui, je veux épouser Gavin.

Ils se levèrent tous deux en même temps et s'enlacèrent dans un élan passionné. Gavin la serra contre lui, écrasant sa bouche sur la sienne. Ivre de bonheur, Dori lui rendit son baiser. De toute son âme, elle le remerciait d'avoir surmonté ses angoisses, d'avoir enfin admis son amour.

Elle entendit vaguement Danny suggérer à Mélissa de s'esquiver, mais resta blottie contre Gavin, les bras noués autour de son cou.

— Mon Dieu, comme tu m'as manqué, chuchota-t-il d'une voix rauque.

Il l'embrassa à nouveau, avec une ardeur qui semblait ne jamais devoir se lasser. C'était une sensation si exquise que Dori sentit des larmes de joie rouler sur ses joues.

— Oh, Gavin, pourquoi as-tu mis si longtemps? soupira-t-elle.

— Je ne sais pas. Je croyais parvenir à t'oublier. Aucune femme ne m'a jamais hanté de cette façon.

Elle lui adressa un sourire malicieux, les yeux brillants à travers ses larmes.

— Très bien!

Elle faillit avouer qu'elle avait enduré les mêmes tourments.

— J'ai essayé, reprit-il avec un soupçon d'ironie. Après mon échec avec Deirdre, je ne voulais plus me laisser captiver ainsi par une femme. Mais j'avais connu le soleil avec toi, je ne pouvais pas retourner à l'ombre.

— Je sais.

— Comment fais-tu pour si bien me connaître?

— C'est sans doute parce que je t'aime follement.

— Tout s'est passé comme tu l'avais prédit, ajouta-t-il d'un ton dépité. Peu importe qui j'embrassais, qui je serrais dans mes bras, je ne pensais qu'à toi.

Elle lui couvrit le visage de baisers fous, pour enfin lui donner sa bouche. Elle savait combien l'épreuve avait été difficile pour lui. Il s'était trouvé déchiré entre son désir farouche de ne pas sacrifier sa liberté et les élans de son cœur. Il allait désormais découvrir une liberté nouvelle dans leur amour. il l'avait compris et ne cesserait plus de l'aimer de toutes ses forces, elle en était sûre.

— Le pire a été de vous apercevoir dans la rue l'autre matin, dit-il d'une voix assourdie. Danny et toi paraissiez si gais, si insouciants. J'ai éprouvé une souffrance inimaginable en vous voyant. Tu m'avais envoûté, je ne valais plus rien pour personne. Et toi, tu riais avec Danny comme si je n'avais jamais existé.

— Ce n'est pas vrai, murmura-t-elle. Je te voulais à en mourir.

— Tu m'as, répondit-il avec une humilité inhabituelle. Pour aussi longtemps que tu le désires.

— Je t'aime, dit Dori avec ferveur en effleurant sa joue d'un geste empli de tendresse. Une vie n'y suffira pas, je peux de l'assurer.

Gavin lui prit le visage entre ses deux mains, il plongea son regard dans le sien, puis l'embrassa avec une infinie douceur.

— Je t'avais dit que cela marcherait, souffla Danny d'un ton satisfait depuis la cuisine.

— Je le savais depuis longtemps, affirma Mélissa dans un soupir romantique. C'était évident depuis notre promenade à la foire. Ils sont très bien assortis.

— Oui, ton plan a bien fonctionné, constata Danny.

— Ce n'est pas encore fini, dit Mélissa en confidence.

— Mais ils vont se marier ! Que pouvons-nous souhaiter de plus ?

— Enfin, Danny, réfléchis ! répliqua Mélissa d'un air dédaigneux. Quatre est un nombre tellement ennuyeux. Nous devrions être cinq l'année prochaine.

— Cinq ?

— Oui. Maintenant, nous allons les convaincre d'avoir un bébé.

— Hé, c'est une bonne idée ! observa Danny enchanté. Ce serait formidable. J'aimerais bien avoir un petit frère.

— Ils auront d'abord une fille. Le deuxième bébé sera un garçon pour toi. D'accord ?

— Je préférerais un garçon tout de suite.

— On verra... lança Mélissa, qui se sentait sans doute d'humeur généreuse.

Achevé d'imprimer en novembre 1986
sur les presses de l'Imprimerie Bussière
à Saint-Amand (Cher)

— N° d'imprimeur : 2589. —
— N° d'éditeur : 1362. —
Dépôt légal : décembre 1986.
Imprimé en France